dtv

Alle Jahre wieder: An Weihnachten soll alles perfekt sein. Auch bei den Bewohnern des schmucken Stadthauses hängen die Erwartungen hoch. Der Haussegen aber hängt schief. Fröhlich und selig sind immer nur die anderen. Bis ein kleines Weihnachtswunder namens Zufall dafür sorgt, dass Türen und Herzen sich öffnen und alle zusammen viel weniger allein sind …

Astrid Ruppert studierte Literaturwissenschaft und arbeitete viele Jahre als Producerin und Redakteurin für das Fernsehen, bevor sie sich dem Schreiben zuwandte. ›Obendrüber, da schneit es‹ wurde 2012 verfilmt und gehört zu den beliebtesten Weihnachtsfilmen im deutschen Fernsehen. Mehr über die Autorin: www.astridruppert.de

Astrid Ruppert

Obendrüber, da schneit es

Ein Weihnachts-Familienroman

dtv

MIX
Papier aus verantwortungsvollen Quellen
FSC® C019821

Überarbeitete Neuausgabe 2019
2. Auflage 2021

Der Band erschien erstmals 2008 in der
Ullstein Buchverlage GmbH/List Verlag, Berlin.
Umschlaggestaltung: www.buerosued.de
Satz: C.H.Beck.Media.Solutions, Nördlingen
Gesetzt aus der DTL Documenta 12,25/17·
Druck und Bindung: Druckerei C.H.Beck, Nördlingen
Printed in Germany · ISBN 978-3-423-25419-9

Für meine Lieblingstochter

Der Tag vor Weihnachten kann ein schöner Tag sein, wenn man nicht allein ist. Ein Tag ganz voll von etwas. Voller Erwartung und geschäftiger Vorbereitung. Wenn noch furchtbar viel zu tun ist, wenn sich schon morgens Gänseduft mit dem Aroma von süßem Zimt und dem harzigen Geruch frischen Tannengrüns verbindet, um in wilden Duftstrudeln gemeinsam durch die Lüfte zu schwirren, dann kann einem geradezu schwindelig davon werden. So voll kann dieser Tag sein. Und so leer, wenn etwas fehlt. Wenn die schönsten Düfte eine erloschene Liebe umwirbeln, genau dann ist man verloren. Wenn es nach Weihnachten riecht, lauert die Einsamkeit im schön geschmückten Zimmer, direkt neben dem Verlust und dem Schmerz und dem Weihnachtsbaum, vor dessen Funkeln man sich fürchtet, weil es alles noch schlimmer macht.

Es ist noch dunkel, und die Straßen sind leer. Doch hinter manchen Fenstern gehen die ersten Lichter an. Der Tag beginnt.

Noch träumt Miriam, und der Tag kennt keinen ihrer Gedanken. Dunkel locken sich ihre Haare auf dem Kopfkissen, das sie im Schlaf zerknäult hat, denn sie schläft unruhig, als ob sie bis in ihren Schlaf hinein ahnt, dass der Morgen naht. Sie versucht, wieder hinabzutauchen in die Tiefe ihres Traumes. Sie will noch nicht auftauchen. Sie will lieber weiter tauchen. Immer weiter, immer tiefer. Bis auf den Grund dieses Schlafes will sie sinken und dort bleiben. An einem Ort, wo es nicht zählt, ob es Tag ist oder Nacht. Oder nichts.

Die Tage vor Weihnachten sind die dunkelsten Tage des Jahres, und vor ihrem Fenster wartet der schwarze Morgen zwischen den Häuserzeilen des Straßengeflechts. Ihre Augen sind fest geschlossen, und sie kann den Sternschnuppenregen der Ursiden nicht sehen, der im Dezemberdunkel des Himmels kurz aufglimmt. Selbst wenn ihr Blick jetzt gerade zum Fenster ginge, würde sie das Leuchten vermutlich für eine Erscheinung halten, die ihre Netzhaut ihr vorgaukelt. Sie würde dem Himmelslicht nichts glauben. Keineswegs würde sie ihm folgen, wie es die Wanderer aus dem Morgenland vor 2000 Jahren getan haben. Sie glaubt nicht mehr an Zeichen und Wunder. Sie glaubt an den Schlaf. Wenn sie schläft, ist alles gut.

Noch träumt Miriam. Doch bald wird sie aufwachen und in diesem Tag landen wie in einem fremden Element. Sie wird sich fühlen wie ein Fisch, den eine Welle am Strand vergessen hat und dem das Wasser zum Atmen fehlt, bis eine neue Welle ihn wieder mitnimmt in die erlösende Tiefe des Meeres. Sie träumt. In ihrem Traum ist sie nicht allein.

Gerade hatte Gregor einen einfach grandiosen Weihnachtsgottesdienst gefeiert. Seine begeisterte Gemeinde hatte ihm überschwänglich gratuliert, alle hatten ihm die Hände geschüttelt. Beschenkt und beglückt von den richtigen Worten, die er für jeden Einzelnen gefunden hatte. Weihnachtlich, heiter und ergreifend zugleich. Die ideale Predigt, schöner als alles, was je gepredigt worden war. Selbst sein immer skeptischer Vater hatte ihm gratuliert und vor Stolz gestrahlt. Die Glocken hatten geläutet, und dann hatte es auch noch angefangen zu schneien. Durch glitzernd weiße, duftige Schneeflocken war er gelaufen. Es war ganz zauberhaft. Wie im Märchen.

Er öffnete lächelnd die Augen, sah die graue Morgendämmerung vor dem Fenster und erkannte mit Schrecken, dass es nur ein Traum gewesen war. Nichts als ein Traum. Was für eine Enttäuschung. Die Wirklichkeit war leider eine andere. Keine Glocke läutete, und es schneite auch kein bisschen. Aber das war nicht das Problem. Das Problem war, dass heute der 23. Dezember war und dass er als neuer Pfarrer noch immer keinen blassen Schimmer davon hatte, was er seiner neuen Gemeinde in seinem ersten Weihnachtsgottesdienst erzählen sollte.

Er schloss die Augen wieder, drehte sich auf die Seite und vergrub den Kopf in seinem Kissen. Doch das Glücksgefühl des schönen Traumes wollte sich einfach nicht wieder einstellen. Er war Pfarrer, und er hatte noch keine Predigt.

Der Wecker hatte noch gar nicht geklingelt, da begannen die Listen in Waltrauds Kopf sich schon ganz von alleine zu vervollständigen. Nach dem Frühstück den Plätzchenteig kneten, und während er ruhte, rasch die frischen Sachen noch besorgen. Alles andere hatte sie ja schon längst eingekauft. Planung war schließlich alles. Erst zum Gemüsehändler unten an der Ecke, dann zum Metzger. Philipps Lieblingsleberpastete holte sie am liebsten ganz frisch, Sanne mochte den Kochschinken so gerne, ganz dünn geschnitten, darauf würde sie achten müssen, vor allem wenn diese blonde Verkäuferin sie bediente, die nahm das immer nicht so genau. Aber es war doch Weihnachten, und jeder sollte das bekommen, was er am liebsten mochte. Deshalb machte sie ja auch immer extra die Füllung für die Gans, extra für Achim. Nach dem Rezept seiner Mutter. Damit er glücklich war. Dann die Plätzchen in den Ofen und die Wohnzimmerfenster putzen, die sahen ja wieder aus nach diesem Regen, das Kinderzimmer richten, alle Betten frisch beziehen, das Parfait für den Nachtisch richten. Zimtparfait, nach diesem neuen Rezept, es musste ja ein paar Stunden in den Tiefkühler, die Portweinkirschen dazu kochen, die Tischdekoration richten. Alles weiß dieses Jahr. Schneeweiß. Wenn es schon nicht mehr schneite an Weihnachten, dann wenigstens ein weißer Wintertisch. Mit ein bisschen Grün. Grün! Gut, dass ihr das noch einfiel, sie musste ja noch Grünzeug besorgen. Etwas Kiefer und Eukalyptus, und wie hieß dieses Zeug mit den vielen kleinen Blättchen? Zum Kaffee ein Stück Baumkuchen vom Konditor, das war ja nur ein kleiner Umweg, den mochte Achim doch so. Baumkuchen sollte er haben, wenn er vom Waldhof zurückkam. Mit der Gans. Der Wecker klingelte, und sie schwang die Beine aus dem Bett, während Achim sich neben ihr die Decke über den Kopf zog. Ach, Weihnachten war einfach ihre liebste Zeit. So viel zu tun. Aber so schön, so wunderschön!

Als er aufwachte, war es wie jeden Morgen. Kaum hatte er bemerkt, dass es Tag wurde, mit einem verschwommenen Gefühl, dem das Bewusstsein noch keine Worte verleihen konnte, war der Schmerz schon da. Scharf und unverkennbar, im unteren Rücken. Jeden Morgen wurde er beim Aufwachen von ihm begrüßt. Wortlos wie sein eigenes Erwachen, aber keineswegs so verschwommen. Der alte Eberling hatte die Augen noch nicht geöffnet, sah noch nicht, dass es draußen allmählich dämmerte, da spürte er schon seinen alten, schmerzenden Körper. Manchmal wachte er auch davon auf, dass sein Ischias mit einer scharfen Spitze bis ins Bein strahlte. Als ob die Schärfe des Schmerzes für alles herhalten müsste, was sein Alter verwischte. Er hatte sich im Schlaf wieder auf die Seite gedreht, dann war es immer besonders schlimm. Selbst sein eigenes, mageres Körpergewicht machte seinen Knochen zu schaffen. Er versuchte erst gar nicht, die Augen zu öffnen, er tastete sich gleich mit einem Arm bis an den Bettrand und stieß sich nach hinten ab, sodass er ächzend auf dem Rücken zu liegen kam. Das war das Einzige, was immer half. Mühsam sortierte er seine Gliedmaßen. So würde er eine Weile liegen bleiben müssen, und dann konnte er langsam ans Aufstehen denken. Jeden Morgen das Gleiche. Jeden Morgen ärgerte er sich, dass er nicht mehr einfach die Beine aus dem Bett schwingen konnte wie früher. Dass er warten musste, bis seine Knochen sich bequemten, auf ihn zu hören. Er öffnete die Augen und starrte an die Decke, die im kalten Dämmerlicht des Wintermorgens grau und reglos zurückstarrte. Irgendwann würde der Schmerz schwächer werden, und er würde das Bett verlassen können. Doch der Ärger blieb den ganzen Tag.

Miriam schaute auf die leere Teetasse, die sie in der Hand hielt. Das Porzellan fühlte sich schon ganz kalt an. Wahrscheinlich hatte sie eine ganze Weile einfach so dagesessen und es wieder einmal gar nicht bemerkt. Kleine Abwesenheit. Das passierte ihr ständig. Dabei hatte sie heute wirklich keine Zeit, abwesend zu sein und einfach nur so herumzusitzen. Sie musste noch so viel erledigen, furchtbar viel erledigen, und dabei so tun, als wäre alles in Ordnung. Als wäre es ganz toll, dass heute der Tag vor Weihnachten war. Und als wäre sie glücklich und geschäftig, und als gäbe es nichts Schöneres in ihrem Leben als diesen glücklichen und geschäftigen Tag. Sie könnte es aber auch genauso gut lassen.

Sie könnte einfach in der Küche sitzen bleiben, ihre Tasse erneut mit heißem Tee füllen und sich daran wärmen. Das würde ihr vollkommen genügen. Das heiße Porzellan in ihrer Hand zu halten und zu spüren, wie es allmählich abkühlte zu einem nichtssagenden Lauwarm. Das wäre gar nicht unangenehm. Manchmal sehnte sie sich richtiggehend nach lauwarm. Aber irgendwann läge die Tasse kalt wie Stein in ihrer Hand, und die Kälte würde durch ihren Körper bis zum Herzen ziehen. Vielleicht wäre aber auch das gar nicht unangenehm.

Heiß oder kalt, Miriam wusste nicht mehr, was gut für sie war. Sie hatte es einmal gewusst, sehr gut sogar, aber seit einigen Monaten hatte sie es vergessen. Manchmal glaubte sie schier zu verglühen an all der brennenden Verzweiflung, die in ihr tobte. Doch wenn sie dann ihre Stirn an das kühle Fensterglas legte, fror sie plötzlich so sehr, dass sie das Gefühl hatte, nichts und niemand auf der Welt könnte sie jemals wieder wärmen. Das stimmte nicht ganz. Sie wusste genau, wer sie wärmen könnte. Aber sie wusste auch, er würde es nie wieder tun.

Miriam erhob sich, um die Tasse in die Spüle zu stellen. Sie würde auch diesen Tag überstehen. Sie hatte vorgestern überstanden und gestern. Gestern war gestern. Heute war heute. Heute war jetzt. Und jetzt war es an der Zeit, die Tasse abzustellen und geschäftig und glücklich zu sein. Was danach kam, darum würde sie sich danach kümmern.

Als sie zu den Briefkästen gehen wollte, um nach Post zu schauen, hörte sie, wie der Alte von oben die Treppe herunterschlurfte. Es war geradezu unverschämt, wie griesgrämig er durch seine missmutigen Falten vor sich hin starrte. Wenn sie ihm jetzt schon am Morgen begegnete, würde sie den halben Tag wieder schlechte Laune haben. Ihre Laune war sowieso nicht sehr stabil. Aber wenigstens strengte sie sich an. Im Gegensatz zu diesem Griesgram da draußen. Als sie ihm nach ihrem Einzug vor einigen Wochen mit Julchen im Treppenhaus begegnet war, hatte sie versucht, sich kurz vorzustellen. Guten Tag, wir wohnen jetzt hier, auf gute Nachbarschaft, was man eben so sagt. Na, hoffentlich, hatte er gebrummt, das hatte ihr für den Rest des Tages die Stimmung verdorben. Eigentlich hatte sie gehofft, dass sie die Nachbarn schnell kennenlernen würden, damit Julchen immer wusste, wo sie im Notfall mal klingeln könnte. Aber an seine Tür würde Julchen bestimmt niemals freiwillig klopfen. »Dann eben nicht!«, hatte sie ihm hinterhergemurmelt. »Dieser Herr Griesgram wird wahrscheinlich nicht unser bester Freund in diesem Haus! Aber es gibt ja noch andere Nachbarn …«

Sie hoffte so, dass sie sich hier wohlfühlten. Sie mussten es schön haben hier. Sie mussten es einfach schön haben. Es war so wichtig für sie und

Julchen, ein neues, schönes Zuhause zu haben. Sie hatte es sich ja wirklich nicht ausgesucht, den Umzug nicht und alles andere auch nicht. Aber sie war gar nicht gefragt worden. Es war einfach so passiert. Es hatte mit ein paar Worten angefangen, von denen sie gedacht hatte, sie würde sie niemals hören, und doch hatte Miriam sie hören müssen. Wort für Wort hatte sie ihm zuhören müssen, während sie immer noch gehofft hatte, das wäre alles ein Witz oder ein Traum, und gleich wäre alles wieder gut. Aber es wurde nicht wieder gut. Es hatte diese Worte gegeben, und dann war das Leben, das sie geführt hatte, vorbei.

Jetzt war sie eine dieser alleinerziehenden Mütter, zu denen sie nie hatte gehören wollen. Die sie, wenn sie ehrlich war, immer ein bisschen bemitleidet hatte. Sie lehnte den Kopf an den Türrahmen und hörte, wie die Schritte des alten Mannes langsam an ihrer Tür vorbeischlurften. Sie hatte sich vorgenommen, nie zu schlurfen. Sie hatte sich vorgenommen, sich immer zusammenzureißen und es zu schaffen.

Der Briefkasten war voll. Beim Hinaufgehen blätterte sie einen kleinen Weihnachtskatalog durch, der sich anscheinend ein paar Wochen verspätet hatte. Das Schönste zum Fest. Für die ganze Familie. Für die ganze glückliche Familie unterm Tannenbaum. Apfel, Nuss und Mandelkern. Ein kleines Mädchen mit glänzenden Augen in einem dunkelroten Samtkleid. Eine hübsche Mama, die die Kerzen anzündet. Ein lächelnder Papa. Sie schluckte. Da war wieder dieses Beben in der Magengrube. Konnte das nicht einfach mal aufhören? Sie ging langsam die Treppe nach oben. Sie sollte das Heft zuklappen, das wusste sie, sie sollte es zuklappen und in den Müll werfen, aber stattdessen blätterte sie auch noch um auf die nächste Seite. Auf dieser Seite saß die Mama im rot karierten Flanellschlafanzug mit gemütlich angezogenen Beinen auf dem Sofa und schaute ihren Kindern beim Spielen zu, während der Papa gerade das Frühstück machte. Alle lächelten, die Wangen so rot wie die Äpfel im Korb, die Augen so hell wie die Kerzen am Baum. Alle waren glücklich.

Der gut aussehende Model-Papa hatte sich auch nicht in seine blonde Assistentin verliebt, mit der er Weihnachten in New York verbrachte, Eisbahn, Rockefeller Center, Weihnachtslichter überall. Der Model-Papa war zu Hause und machte seiner glücklichen Familie Frühstück.

Das Gefühl in ihrem Magen schoss in Wellen durch ihren ganzen Körper. Fast so, als müsste sie sich übergeben. Wie soll ich das bloß überstehen?, dachte Miriam. Weihnachten. Ihr Herz raste, und es schnürte ihr den Hals zu. Sie schloss die Augen und lehnte sich an die Wand. Sie sah die Äpfel glänzen und roch das glückliche Tannengrün aus dem Katalog heraus. Wie soll ich das bloß schaffen, dachte sie, wie bloß, wie bloß?, und zwang sich, ruhig zu atmen, obwohl das Schluchzen schon im Hals lauerte und herauswollte und ihr die Luft nahm. Jetzt kein Heulkrampf. Bitte. Nur jetzt nicht losschluchzen, dachte sie, während sie spürte, wie die Tränen ihr schon in die Augen stiegen. Weihnachten war doch eine Zumutung in dieser Situation. Fest der Liebe. Fest der Familie. Für alle anderen war es das, nur für sie nicht. Für sie war es ein Fest der gescheiterten Familie, der gescheiterten Liebe, für sie war es ein Fest, das wehtat, wenn man besonders glücklich sein sollte, so verdammt glücklich wie die Familie im Katalog. Von überall her strahlten sie diese glücklichen Familien an. Das war doch nicht auszuhalten. Sie versuchte tief durchzuatmen. Morgen war Heiligabend, und sie würde es irgendwie schaffen. Sie würde den Tannenbaum schmücken wie immer, mit den roten Schleifen und den Kugeln und all ihrem geliebten Baumschmuck, den sie seit Jahren sammelte, und sie würde lächeln und den Plätzchenteller auffüllen und viel zu viele Geschenke unter den Baum legen, damit die Päckchen unterm Baum sich nicht so verloren fühlten wie sie. Sie putzte sich laut die Nase. Vielleicht würde es ja auch noch schneien. Das wäre doch wundervoll. Wenn sie wenigstens Schnee hätten! Weiße Flocken, die vor dem Fenster tanzten. Schnee würde sie bestimmt beruhigen. Vielleicht würde der Schnee ihren Schmerz dämpfen, so wie er alle Geräusche dämpfte. Vielleicht würde jede Schneeflocke sie ein bisschen zudecken, da, wo sie sich wund fühlte und roh, und vielleicht würde der Schnee sie betäuben und schützen, so wie er Blumen schützen konnte vor dem Erfrieren. Er würde die Nacht etwas heller machen. Plötzlich wünschte sie sich Schnee mit einer Inbrunst, die sie zuletzt als Kind gefühlt hatte. Wenn es schneite, würden sie Schlitten fahren gehen. Sie würden genau dann Schlitten fahren, wenn all die glücklichen Familien mittags die Weihnachtsgans tranchierten. Sie würden einen solchen Spaß haben. Schnee wäre wundervoll.

Sabrina schaute auf die Uhr. Bald war Mittagspause. Sie würde noch die drei Briefe schreiben, die ihr Chef ihr hingelegt hatte, und dann nichts wie raus. Auf den Weihnachtsmarkt. Den ganzen Morgen schon freute sie sich auf die Kartoffelpuffer. Ach, sie würde nie abnehmen, wenn sie diese fetten Dinger aß. Aber sie schmeckten nun mal so lecker. Und sie machten so richtig schön satt. Dieses ganze leichte Zeug, das spürte sie überhaupt nicht in ihrem Magen, der blieb immer ganz unruhig, und sie fühlte sich nervös und kraftlos, wenn sie das aß. Während so ein paar Kartoffelpuffer einen wohlig warmen Ball in ihrer Mitte bildeten, der sie von innen kräftigte. Genau das brauche ich jetzt, dachte sie. Kartoffelpuffer. Es gibt sowieso niemanden, den es interessiert, ob ich dick bin oder schlank. Und wenn du so weiter isst, wird es auch nie jemanden geben, den das interessiert, meldete sich die innere Stimme, die sich an dieser Stelle immer meldete. Doch sie hörte einfach nicht hin. Schließlich war Weihnachten. Wer zählte da schon Kalorien? Und sie hatte noch nicht einmal richtig gefrühstückt.

Direkt neben dem Kartoffelpufferstand war dieser Stand mit den niedlichen geschnitzten Engeln. Seit der Markt aufgemacht hatte, war sie immer wieder um diese Engel geschlichen und hatte so getan, als könnte sie sich nicht entscheiden, welchen sie nehmen sollte. Dabei hatte sie es von Anfang an gewusst. Sie wollte genau diesen einen mit den richtig großen Flügeln, der ein bisschen links stand. Er sah aus, als könnte er Wunder vollbringen. Als könnte er fliegen und dabei wachsen und ihr all das bringen, was sie glücklich machte. Dieser Engel musste es sein. Aber er war nicht gerade günstig. 58 Euro. Sie hätte ihn sich schon längst gekauft, wenn er nicht so teuer wäre. Es gab auch kleinere, die weniger kosteten, aber die interessierten sie nicht. Und dieser hier schien förmlich auf sie zu warten. Denn ein Engel nach dem anderen wurde verkauft, nur der eine nicht. Sie würde ihn sich einfach selbst zu Weihnachten schenken. Sie könnte ihn sogar richtig schön verpacken lassen und ihn sich unter ihren kleinen

Tannenbaum legen, den sie schon seit drei Tagen fertig geschmückt hatte.

Sabrina konnte den Beginn der Mittagspause kaum mehr abwarten. An dem letzten Brief saß sie ewig, wie eine Anfängerin. Ständig vergaß sie etwas, immer wieder musste die Datei geöffnet, ein fehlendes Wort eingefügt und der kleine Drucker angeklickt werden. Das wiederholte sie jetzt schon zum vierten Mal. Hoffentlich merkte ihr Chef das nicht. Der war immer so pingelig mit seinem tollen Geschäftspapier. Nur kein Blatt verschwenden. Verschwendung und Übermaß waren seiner Meinung nach die größten Feinde der Bilanz. Erbsenzähler!, dachte sie heimlich, als sie ihm den fertigen Brief zu guter Letzt vorlegte, um dann endlich in die Mittagspause zu verschwinden.

Auf der Straße schlug ihr kalte, nasse Luft entgegen, und sie zog den Schal enger um sich. Es wäre schön, wenn es noch schneien würde zu Weihnachten. Es wäre gemütlich, so wie Weihnachten sein sollte. Sie ging raschen Schrittes Richtung Markt und direkt zu dem Stand mit den Engeln. Zum Glück war ihr Engel noch da. Sie fühlte sich richtig extravagant und verschwenderisch bei dem Gedanken, jetzt gleich so viel Geld für einen kleinen Engel auszugeben. Aber wenn ihr sonst schon keiner etwas schenkte, würde sie es eben selbst tun.

»Den gibt es nur zusammen mit diesem Engel hier, sehen Sie, die sind als Paar gedacht. Für Paare. Jeder bekommt seinen eigenen Schutzengel.«

Der Verkäufer stellte einen weiteren, zierlicheren Engel neben den, den sie sich ausgesucht hatte. Sie passten tatsächlich zueinander.

»Der hier ist für die Frau.« Er zeigte auf ihren Engel. »Das ist die männliche Ergänzung. Und der andere ist die weibliche Ergänzung, für den Mann.«

»Ich hab aber gar keinen Mann«, sagte sie.

»Tut mir leid.« Der Mann in dem Engelstand sah sie bedauernd an. »Die beiden kann ich nicht trennen. Die sind aus einem Holz geschnitzt. Wissen Sie, das wäre so, als ob Sie Zwillinge trennen würden nach der Geburt. Grausam.«

Er betrachtete Sabrina einen Moment, seine Augen funkelten unter der Wollmütze, die er wegen der Kälte tief ins Gesicht gezogen hatte. »Nehmen Sie die zwei zusammen, junge Frau. Ich mach Ihnen einen guten Preis. Weil es der letzte Tag ist. Und wer weiß, vielleicht bringt er Ihnen ja Glück! Vielleicht bringt er Ihnen ja das männliche Prinzip etwas näher!«

Du bist gnadenlos verrückt, sagte sie sich, als sie in der Schlange für die Kartoffelpuffer stand. Fast 100 Euro auszugeben für zwei Holzengel. Ein Engel, der Glück bringt, dass ich nicht lache. Dem Schnitzer hast du Glück gebracht, er ist gleich zwei Holzpuppen losgeworden. Auf einen Schlag! Zum Wucherpreis! Dass sie darauf reingefallen war! Sie könnte sich grün und gelb ärgern. Und jetzt dauerte es auch noch so lange, bis die hier mit ihren Kartoffelpuffern in die Gänge kamen. Lahme Verkäufer, so etwas konnten die sich doch auf dem Weihnachtsmarkt eigentlich gar nicht leisten. Eben war alles noch so fröhlich gewesen, und jetzt war sie auf diesen Schnitzer reingefallen, hatte ihr Geld verschwendet und würde bestimmt obendrein noch durchgeweichte Kartoffelpuffer bekommen. Was für ein Tag.

»Eine doppelte Portion Kartoffelpuffer, bitte. Und extra viel Apfelmus. Extra!« Natürlich, sie hatte es sich schon gedacht. Sie bekam gerade mal die normale Portion Apfelmus und musste ihren Pappteller zweimal hinhalten und nachverlangen, bis sie genug hatte. »Eine doppelte Portion Kartoffelpuffer bedeutet auch eine doppelte Portion Apfelmus, und wenn ich darum bitte, extra viel Apfelmus zu bekommen, dann könnten Sie mir tatsächlich noch einen Löffel extra draufgeben. Ich zahle auch gerne dafür. Was macht das?« Sie erntete genervte Blicke der Verkäuferin. Das war ihr grade egal. Sie war schließlich der Kunde. Und eigentlich sollten diese Verkäufer hier wissen, dass der Kunde der König ist. Sie stellte sich an einen der Tische und begann zu essen.

Trotzig hielt sie dabei die Tüte mit den beiden Engeln an sich gepresst. Sie mochte nun einmal Apfelmus. Irgendwie fühlte sich die Tüte an ihrer Seite auch gut an. Vielleicht würde der Engel ihr ja tatsächlich Glück bringen. Vielleicht könnte sie den zweiten Engel verschenken, vielleicht … Nein, das traute sie sich nicht. Niemals würde sie sich das trauen. Obwohl. Vielleicht doch. Der Gedanke machte sie so nervös, dass ihr entging, wie schnell sie aß. Jetzt war ihr Pappteller schon leer, und sie hatte gar nicht gemerkt, dass sie schon alles verputzt hatte. Sie brauchte unbedingt noch etwas zum Nachtisch. Ob er ein Geschenk wohl als zudringlich empfinden würde? Vielleicht würde er sich ja auch freuen. Bestimmt würde er sich freuen. Gerade wenn er etwas von ihr geschenkt bekam, würde er sich doch freuen. Er würde sie anlächeln. So wie er sie immer während der Proben anlächelte und oft noch mal etwas speziell zu ihr sagte, zum Beispiel: Nicht den anderen davonlaufen, wir proben für ein Konzert, nicht für ein Wettrennen. Sie wusste ja, er konnte vor den anderen nicht sagen: Liebe Sabrina, das war wunderbar. Du hast als Einzige das richtige Tempo erkannt. Aber wir müssen uns an die anderen anpassen, wir müssen einfach langsamer singen. Sie bestellte sich noch eine süße Waffel mit heißen Kirschen und Sahne. So etwas Süßes war jetzt genau richtig!

Bestimmt würde er sich freuen über den Engel, eben weil er von ihr kam. Und nicht von einer dieser Gänschen, die sich nach den Chorproben mit ihren getuschten Wimpern und ihren knallengen Pullis so unangenehm an ihn heranwanzten. Sie umschwärmten ihn derartig, wenn er vorne seine Noten zusammenpackte, dass sie kaum zu ihm durchkam. Die älteren Damen nervten keinen Deut weniger, mit ihren Plätzchentüten und ihrem selbst gebackenen Früchtebrot und ihren hochmusikalischen Fragen. Sie wartete meist, bis alle weg waren. Das dauerte zwar, aber sie hatte ja Zeit. Es wartete sowieso keiner auf sie zu Hause.

Wenn dann endlich alle den Raum verlassen hatten, wurde es richtig schön. Dann gab es nur noch sie und ihn. Nach all dem aufgeregten Stimmengewirr und all den verschiedenen Klängen verband sie plötzlich eine Stille, die sich von Sekunde zu Sekunde so sehr verdichtete, dass sie kaum mehr zu durchbrechen war. Es war eine besondere Stille. Sie gehörte ihnen beiden alleine. Nur ihm und ihr. Nie würde sie diese Stille durch unbedachtes Reden zerstören. Und auch ihm war das heilig, das wusste sie, es ging ihm ebenso wie ihr. Auch er durchbrach das Schweigen nie. Manchmal schaute er durch den Raum zu ihr hin, wo sie immer so tat, als beschäftigte sie sich noch, während er seine Sachen zusammenpackte und den Mantel überzog. Wenn er dann so etwas wie »Schönen Abend noch!« sagte, oder »Bis nächste Woche!«, dann schwang stets ein Bedauern mit, das in der Luft hängen blieb, auch wenn er den Probenraum wehenden Mantels schon längst verlassen hatte. Manchmal blieb sie noch eine Weile dort sitzen und badete in dieser Stille, die ohne ihn zwar leerer war, in der sie seine Gegenwart jedoch noch ahnen konnte.

Bestimmt gehörte er zu den Männern, denen es schwerfiel, auf eine Frau zuzugehen. Er war so umschwärmt von allen, dass man auf den ersten Blick durchaus das Gegenteil vermuten könnte. Doch genau das war ja sein Problem! Sie verstand ihn so gut. Sie verstand, dass das Lächeln, mit dem er sie nach den Proben bedachte, ein Ausdruck inniger Zuneigung war. Es war so ganz anders als das Lächeln, das er für alle anderen stets im Gesicht trug. Sie kannte ihn besser. Sie wusste, dass er Zeit brauchte. Dass er Hilfe brauchte, um die Schüchternheit in seinem tiefsten Innersten zu überwinden. Dabei würde sie ihm helfen: Sie würde auf ihn zugehen und ihm diesen Engel schenken. Sie stellte sich sein überraschtes Lächeln vor und merkte an dem Blick, mit dem ihre Nachbarin am Stehtisch sie ansah, dass sie selbst lächelte. Wie peinlich. Schnell schaute sie auf ihre Armbanduhr und erschrak. Sie hätte ja schon längst wieder zurück im Büro sein müssen! Mit dem letzten Stück Waffel wischte sie rasch die restliche Sahne und die verbliebene Kirsche auf und schob sich alles auf einmal in den Mund. Es war nicht mehr furchtbar viel zu tun. Aber bis drei Uhr sollten alle fertig sein. Da gab der Chef immer ein kleines Glas Sekt aus und öffnete eine Packung Spekulatius, und um vier konnten dann alle gehen. Weil Weihnachten war.

Als Miriam das Haus verließ, um Jule vom Kindergarten abzuholen, begegnete sie an der Haustür den zwei jungen Leuten, die unten wohnten. Gleich im Parterre. Die unteren Wohnungen hatten keinen Balkon, aber dafür hatten sie einen direkten Zugang zum Hinterhof, wo ein kleiner Garten entstanden war. Ein kleines Stück Rasen, umrandet von ein paar kahlen Büschen, die ihre Äste in die kalte Luft streckten. Zu dieser Jahreszeit sah es etwas trostlos aus, aber vielleicht war es im Sommer ja grün und lauschig da unten. Die beiden waren gerade dabei, zusammen einen recht großen Tannenbaum die Eingangstreppe hinaufzuschleppen. Es roch gleich kühl und harzig und grün im Treppenhaus, und Miriam gab es einen Stich, so ein junges Paar zu sehen. Ein Paar, so ganz am Anfang von allem. So gar nicht am Ende von allem.

Das Haus befand sich in einer Reihe von Altbauten, die um 1900 entstanden waren. Es waren keine herrschaftlichen Wohnungen. In diesem Viertel waren schon immer die kleinen Wohnungen für die kleinen Leute gewesen. Damals wie heute. Das Haus war freundlich. Es hatte ihr sofort gefallen, als sie es vor ein paar Monaten zur Wohnungsbesichtigung betrat. Als sie in der leeren Wohnung stand, hatte sie gedacht, hier könnten wir bleiben, hier könnten wir hingehören. Man brauchte doch einen Ort, wo man hingehörte.

Die Wohnung war vor nicht allzu langer Zeit saniert worden, sie war hell und schien sie willkommen zu heißen, mit Dielenböden, die in der Sonne warm und golden schimmerten. Die Zimmer waren nicht allzu groß. Besonders das Schlafzimmer war eher schmal, aber sie musste ja auch kein großes Doppelbett mehr stellen können. Ihr halbiertes Leben brauchte nicht viel Platz.

Und das Bad war herrlich. Sie liebte ihre Badewanne, die immer da war, wenn sie Trost brauchte. Zuverlässig und warm und duftend. Wenn sie in der Badewanne lag, konnte sie hören, wenn jemand in den Wohnungen über ihr Wasser laufen ließ. Es hörte sich dann immer so an, als würde es regnen. Es klang gemütlich, und sie fühlte sich nicht so allein.

Es war ein grauer, kalter Tag, an dem man den Mantel fester um sich zog und den Kragen aufrichtete. Miriam schlang den Schal noch einmal um ihren Hals und vergrub die Hände in den Taschen. Sie musste sich beeilen. Zum Glück war der Kindergarten nicht weit. Es war so ein Tag, an dem man das Gefühl hatte, dass es immer noch nicht richtig hell geworden war. Alle Kinder standen mit roten Nasen und kalten Gesichtern im Hof und warteten auf ihre Mütter. Die Erzieherinnen standen schon ungeduldig dazwischen und warteten darauf, dass alle Kinder abgeholt wurden und sie auch nach Hause gehen konnten, um ihre letzten Weihnachtsvorbereitungen zu treffen oder die ersehnten Weihnachtsferien am Glühweinstand hinter dem Rathaus zu beginnen, bevor der Weihnachtsmarkt für dieses Jahr einpackte. Zum Glück hatte Miriam es geschafft, pünktlich zu kommen. Die Erzieherinnen waren anfangs sehr nett gewesen, hatten immer Verständnis gehabt, wenn sie wegen des Umzugs mal später gekommen war zum Abholen. Aber die Geduld hatte sich schnell erschöpft, und meist hatte sie in ein genervtes Gesicht geguckt, wenn sie abgehetzt und doch zu spät ihre Entschuldigungen gemurmelt hatte, um Julchen schnell an der Hand zu nehmen und mit ihr zu verschwinden. Als kleines Dankeschön hatte sie für jede Erzieherin ein Buch mit Weihnachtsgeschichten und einen Baumanhänger gekauft, die sie ihnen nun überreichte und sich noch mal bedankte, mit dem Versprechen, dass es nächstes Jahr nicht mehr vorkommen werde. Danke noch mal, rief sie, und schöne Ferien und schöne Feiertage, und als sie sich umdrehte, um zu gehen, war der Hof voll mit Eltern und Kindern in bunten Daunenjacken, alle riefen durcheinander und waren aufgeregt und fröhlich. Das konnte sie nicht gut vertragen. Der Katalog war schon schlimm genug gewesen. Jetzt noch die perfekten Familien auf dem Präsentierteller, das war zu viel. Am

Ende noch mitleidige Blicke von denen, die Bescheid wussten. Nichts wie weg. Miriam nahm Julchens Hand und zog sie schnell vom Hof.

»Und dann kam immer der Engel obendrauf«, sagte Isabell. »Mein Engel muss auch da oben hin, auf die Spitze, weißt du, das ist dann so, als ob die ganze Zeit das Christkind über uns schwebt!«

Nick und Isabell hatten den Baum vorsichtig ins Wohnzimmer gelegt. Es war noch ein bisschen leer in ihrer Wohnung. Schließlich wohnten sie noch nicht so lange hier. Aber der Weihnachtsbaum würde das Zimmer füllen. Sie hatten extra einen richtig großen Baum gekauft.

»Also, auf Engel kann ich verzichten«, antwortete Nick. »Dieses ganze angepasste Weihnachtszeug aus den Kaufhäusern. Komm, wir machen unser eigenes Ding. Mehr so … individuell!«

»Ohne Engel?!«

»Wenn du Engel willst, kannst du ja zu Mama und Papa gehen. Was ist denn los mit dir? Ich dachte, wir feiern unser Weihnachten. Und zwar kitschfrei.«

»Du hast ja recht.« Isabell schluckte. »Ich will das doch auch. Ich brauch nur meinen Engel. Ein einziger klitzekleiner, kitschiger, spießiger Weihnachtsengel. Der muss dazu. Nur der. Der bringt uns Glück. Und alles andere machen wir anders. Hauptsache, wir machen nicht so einen Stress um den Baum.«

Isabell erinnerte sich nicht gerne an die Szenen, die sich alle Jahre wieder zwischen ihren Eltern abgespielt hatten.

Ist das nicht ein Prachtkerl?

Der Prachtkerl ist schief.

Wo ist der denn bitte schön schief?

Und ein Riesenloch. Guck mal hier, gar keine Äste. Wie sollen wir den denn schmücken? Wo hast du beim Kaufen eigentlich hingeguckt?

Es war der Schönste. Dreh ihn doch einfach um.

Dann sieht er ja noch schiefer aus.

Stell dich doch nicht so dumm an.

Ach, du holst einen bescheuerten Baum, und ich bin es dann, die sich dumm anstellt?

Hol ihn doch selber.

Das wäre wahrscheinlich das Beste. Du kriegst ja auch gar nichts alleine hin.

Vielleicht feierst du auch am besten gleich alleine. Damit du alles richtigmachen kannst.

Zum Glück war es so weit nie gekommen. Sobald die Kerzen abends brannten, war alles wieder gut gewesen. Dann hatten ihre Eltern lächelnd im Kerzenschein gesessen, ein Herz und eine Seele. Und dann kam der Satz, der an dieser Stelle immer kam:

So einen schönen Baum hatten wir noch nie, oder?

Wunderschön. Und ganz frisch. Der hat noch keine Nadel verloren.

Es war jedes Jahr das Gleiche. Sie hatten den Streit um den Baum total vergessen, nur Isabell hörte noch jedes laute Wort in sich nachklingen und konnte ihren Eltern nicht glauben, dass sie den Baum schön fanden. Weihnachten war immer mit Misstrauen verbunden gewesen. Was meinten sie nun wirklich ehrlich? Den Ärger oder die Freude? Der Baum hatte ihr immer leidgetan. Bestimmt hatte auch er nie so richtig gewusst, woran er eigentlich war.

War das herrlich, das alles dieses Jahr zum

ersten Mal nicht zu hören. Sondern ein eigenes Weihnachten zu feiern. Ohne Baumdrama.

Nick holte den Christbaumständer, den sie auf dem Flohmarkt gekauft hatten, so einen alten schmiedeeisernen schwarzen Ständer, den mit dicken Säcken bepackte Weihnachtsmänner zierten.

»Träum nicht, Süße, hilf mir mal, den Baum hineinzupassen!«, unterbrach Nicks Stimme ihre Gedanken. »Ich kann den nicht ewig so halten. Es pikst.«

Sie hielt den Ständer fest, und Nick hob den Baum an. Gleich würde der erste eigene Weihnachtsbaum in ihrem ersten eigenen Wohnzimmer stehen. Isabell fühlte sich ziemlich erwachsen.

Der Baum war riesig. Nick schwankte etwas mit dem Baum, als er versuchte, ihn aufzurichten, und kam gefährlich nah an das Regal mit den Gläsern. Er riss den Baum hoch und schlug dabei gleich an die Decke. Dann senkte er den Baum wieder etwas flacher, Isabell hielt den Ständer schräger, und zusammen versuchten sie, den Stamm hineinzupassen.

»Wackel doch nicht so«, entfuhr es Isabell.

»Du musst fester dagegendrücken«, keuchte Nick. Die Baumspitze fegte ein Bild von der Wand. Glasscherben sprangen durch den Raum. Isabell schimpfte, Nick presste, Isabell hielt dagegen, Nick fluchte. Es nützte alles nichts. Es ging nicht. Der Stamm war viel zu dick.

»Der Baum ist zu groß«, stellte Isabell fest.

»Du meinst, der Stamm ist zu dick.«

»Sag ich doch.«

»Die Größe des Baumes und die Dicke des Stammes sind nicht …«

»Egal!«, unterbrach ihn Isabell. »Egal!! Es passt nicht!«

Nick ließ den Baum auf den Boden sinken und setzte sich daneben.

»Mist.«

Isabell hockte sich neben ihn. »Stimmt. Und was machen wir jetzt?«

»Wir hätten doch den kleineren nehmen sollen.«

»Haben wir aber nicht.«

»Ich hab es mir schon gedacht, dass das nicht passt. Du hättest auf mich hören sollen«, sagte Nick.

»Hab ich aber nicht.«

Nick seufzte. »Wir machen die Rinde außen ab, und dann versuchen wir es noch mal direkt von oben. Mit Kraft. Dann klappt das schon.«

»Haben wir irgendwo eine Säge?« Isabell sah Nick fragend an.

Nick hörte gar nicht richtig zu. »So ein Mist. Ich glaube, mein Vater hat den Ständer immer mitgenommen zum Baumkaufen.«

»Meiner nicht«, warf Isabell ein.

»Das hätten wir auch machen sollen. Dann hätten wir gar nicht diskutiert, wie groß, wie lang, wie hoch. Wir hätten einfach einen Baum genommen, der in den Ständer passt.«

»Haben wir aber nicht.«

Isabell sah ihn genervt an. Was war denn nur los mit Nick. Und mit diesen verdammten Weihnachtsbäumen. Sie wollte das nicht. Sie wollte sich freuen auf ihr erstes Weihnachten. Sie ließ sich zur Seite fallen, landete auf Nick und schlang die Arme um ihn.

»Riech mal, wie gut der riecht, unser großer Tannenbaum mit dem zu dicken Stamm.«

»Hattet ihr zu Hause nicht immer das Baumdrama?«

»In drei Akten«, seufzte Isabell. »Meinst du, es lag am Ständer?«

»Am fehlenden«, grinste Nick. »Was da alles passieren kann!«

»Ach du«, sie knuffte ihn in die Seite, »an was du gleich immer denkst.«

»Ich?! An was denke ich denn?«

Sie lachten und küssten sich, und der Baum pikste sie im Rücken.

»Also, haben wir nun eine Säge oder nicht?«

»Können wir diese Frage auch später erörtern?«, fragte Nick und küsste sie liebevoll.

Gerade hatte ihn schon wieder jemand angerempelt. Dunkler Mantel. War von hinten rechts an ihm vorbeigerannt und an seinen Wagen gestoßen, als er überhaupt nicht damit gerechnet hatte. Er schwankte kurz und hielt sich an seinem Einkaufswagen fest. Er hasste diese Menschen, die es immer eilig hatten. Immer mussten sie rennen. Es ärgerte ihn fürchterlich, wenn jemand so unvermittelt an ihm vorbeirannte und ihn dann auch noch anstieß. Was für eine Rücksichtslosigkeit. Hatten die denn alle keine Augen im Kopf? Er hasste das. Er hasste es, wenn Menschen ihm so nahe kamen, dass sie ihn berührten. Genau deshalb ging er ja in der Regel mittags einkaufen, da war es immer ruhig. Doch heute war es voll im Supermarkt. Einen Tag vor Weihnachten hatten die Leute immer das Gefühl, sie müssten Vorräte anlegen, weil sie ja zwei Tage nichts einkaufen konnten. Wie die Hamster rannten sie durch die Gänge und luden ihre Einkaufswagen voll, als würden sie nie wieder etwas bekommen.

Langsam schob Herr Eberling seinen Wagen durch das Gewühl an den Regalen entlang. Wo war denn jetzt wieder der Einkaufszettel? Er musste immer auf seinen Einkaufszettel schauen, sonst vergaß er, was er brauchte. Als er stehen blieb, um in seiner Manteltasche danach zu kramen, stieß ihn schon wieder jemand von hinten an. Meinten die Leute denn, er müsste hinten auch noch Augen haben, konnten sie nicht besser aufpassen? »Können Sie nicht besser aufpassen!«, rief er grimmig, aber niemand schenkte ihm Beachtung. Alle hetzten einfach weiter, an ihm vorbei. Schoben ihre ratternden Wagen mit einem Tempo durch die Gänge, dass es fast an ein Wunder grenzte, wenn es nicht ständig zu Zusammenstößen kam. Er versuchte sich zu orientieren. Der Einkaufszettel. Unwillig kramte er in seinen Taschen, bis er ihn schließlich fand und daraufschaute. Zum Glück hatte er nicht so viel zu besorgen. Schnittbrot, Dosenmilch, das hatte er schon. Mittagessen, zweimal, dazu musste er an die Tiefkühltruhen. Heringssalat. Er steuerte zu den Kühlschränken, an den Regalen vorbei, in denen vor Kurzem noch ganze Armeen von Nikoläusen und Schokoladenengeln aufgebaut gewesen waren. Kaum war der Hochsommer vorbei gewesen, da hatte das Zeug schon in den Supermärkten gestanden. Erdbeeren im Winter. Weihnachtsspekulatius im Sommer. Neuerdings verkaufte sogar die kleine Bäckerei bei ihm um die Ecke das ganze Jahr über bunte Ostereier. Nichts als Geldmacherei. Wenn man ihn fragte. Darum ging es doch. Um sonst nichts. Von Geschenken hielt er nichts. Hatte er noch nie. Das war der reinste Tauschhandel. Ich gebe dir was, du gibst mir was, das war schon früher so gewesen, als er ein kleiner Junge war. Wenn du gute Noten bringst, wenn du der Mutter hilfst, wenn du artig bist. Wenn wenn wenn. Dann! Dann bekommst du vielleicht eine Eisenbahn. Das hatte ihm bereits als Kind Unbehagen bereitet, sodass er selbst damals manchmal gedacht hatte, er wolle nicht mehr mitmachen bei diesem Handel.

Jetzt war er schon dreimal am Kühlregal entlanggegangen. Der Heringssalat war verschwunden. Er stand vor dem Kühlregal und starrte in alle Fächer, doch der Heringssalat blieb unauffindbar. Da hatte er sich gerade an die Ordnung gewöhnt und gewusst, wo alles stand, was er brauchte, und jetzt war schon wieder alles anders. Er sah sich nach jemandem um, den er fragen könnte, wohin der Heringssalat verschwunden war. Natürlich war wieder niemand da. Es war niemals jemand da, wenn man mal Hilfe brauchte. Er schob seinen Wagen ein paar Meter weiter und versuchte die laut schimpfende junge Frau zu ignorieren, die an ihm vorbeipreschte. Was er aufschnappte, klang wie etwas mit »Opa« und »nicht ewig Zeit«, und er wünschte, er hätte es nicht gehört.

Neues Kühlregal, lautete die Antwort, nachdem er endlich jemanden entdeckt hatte, den er fragen konnte. Aha. Noch ein neues Kühlregal. Warum, das war ihm ein Rätsel. Man konnte sich doch so schon kaum entscheiden. Für was brauchte denn ein einziger Mensch die Auswahl zwischen acht Sorten Butter und dreizehn Sorten Frischkäse? Und warum wurde hier ständig umgeräumt?

Einkaufen war ihm eine Qual. Früher war er immer zu dem kleinen Laden um die Ecke gegangen, da hatte es nicht viel Auswahl gegeben. Das war ihm gerade recht gewesen. Da hatte er ohne Suchen stets gleich gefunden, was er brauchte. Aber der Laden hatte schließen müssen.

Endlich hatte er den Heringssalat in dem neuen Kühlregal gefunden. Er nahm eine Packung von dem roten. Den würde er morgen Abend essen. Das war wenigstens nicht so viel Arbeit. Seine Frau hatte an Heiligabend auch immer einen roten Heringssalat gemacht, der natürlich ganz anders geschmeckt hatte. Ihre Mutter hatte ihn auch schon immer gemacht. Es war bei ihr eine Familientradition gewesen. Jetzt führte er die Tradition auf seine Weise fort, mit einer Packung rotem Heringssalat aus der Kühltheke, das war ihm weihnachtlich genug. Besonders viel schmeckte er sowieso nicht mehr. Ob seine Tochter die Tradition weiterführte, wusste er nicht. Er wusste nicht viel von seiner Tochter.

Er war froh, als er es endlich bis zu den Kassen

geschafft hatte, auch wenn dieses Weihnachtsgedudel nun direkt über seinem Kopf dröhnte. Missmutig beobachtete er, wie die Frau vor ihm Berge von Essen auf das Band lud. Berge. Er konnte sich gar nicht vorstellen, dass man so viel essen konnte. Hatten sie früher auch so viel eingekauft und so viel gegessen? Er konnte sich nicht daran erinnern. Natürlich stand er wieder an der Kasse, an der es am langsamsten voranging. Der Berg von Lebensmitteln auf dem Band wurde und wurde nicht kleiner. Er stützte sich auf seinen Wagen und versuchte sein Gewicht von dem schmerzenden Bein auf das andere zu verlagern. In letzter Zeit strengte ihn selbst das Einkaufen an. Wenn er noch lange hier stand, würde sein Ischias den ganzen Tag keine Ruhe mehr geben. Ein Wagen stieß ihn von hinten an, und eine Welle von Ärger stieg aus seinem schmerzenden Bein in ihm auf. Hatten die Leute denn keine Augen im Kopf! Als er sich erbost umdrehte, schaute er mitten in ein Kindergesicht, das ihn frech angrinste.

»Man sagt Entschuldigung, wenn man jemanden anrempelt!«, schimpfte er das Kind, das immer noch so dumm grinste.

»Jetzt regen Sie sich doch nicht auf, Leo hat das doch nicht mit Absicht gemacht!«, fuhr ihn die junge Frau an. So wie sie ihr Kind gleich in Schutz nahm, war sie wahrscheinlich Leos Mutter. »Das wäre ja noch schöner!«, rief er aufgebracht. »Bringen Sie Ihrem Kind gefälligst bei, dass man sich entschuldigt, wenn man einem alten Herrn den Einkaufswagen in die Knie schubst.«

»Komm, Leoschatz«, sagte die junge Frau, auf deren Hals jetzt hektische rote Flecken wuchsen. »Wir stellen uns an eine andere Kasse an. Nicht hinter so einem Kinderhasser.«

Kinderhasser? Die sollte erst einmal lernen, Kinder zu erziehen. Kinderhasser. Das war ja wohl die Höhe. Sie schob ihren Wagen an eine andere Kasse. Der Junge drehte sich triumphierend um und streckte ihm die Zunge raus.

Als er endlich an der Reihe war, seine Sachen auf das Band zu legen, sah er, wie der Leoschatz zwei Kassen weiter seinen Mund aufriss und laut losheulte. Wahrscheinlich wollte seine Mutter ihm keinen Nikolaus kaufen. Heute war alles verkehrt. Alles. Eltern sagten nicht mehr: Wenn du brav bist, dann bekommst du einen Nikolaus. Heute stellten die Kinder die Regeln auf: Wenn du mir keinen Nikolaus kaufst, dann schrei ich den Laden zusammen. Geschenke und Erpressung. Das gehörte einfach zusammen. Zum Glück waren die Zeiten vorbei, in denen er schenken musste und beschenkt wurde. Dieser ganze Zirkus.

Seine Frau hatte nie verstehen können, dass er keinen Spaß an Weihnachten hatte. Ihr Herz war weich gewesen, viel zu weich, wenn man ihn fragte. Sie war immer sentimental geworden, hatte geglaubt, es ginge um Liebe und um Familie und um Gaben, die von Herzen kamen. Sie hatte Zimtsterne gebacken, einen Tannenkranz mit einer großen roten Schleife an die Wohnungstür gehängt und Engel ins Fenster gestellt. Wo waren eigentlich diese Engel? Er hatte die Weihnachtskiste seit Jahren nicht mehr hervorgeholt. Ihr zuliebe hatte er ja immer so getan, als würde er mitmachen. Sogar bei der Schenkerei hatte er ihr zuliebe mitgemacht. Jedes Jahr war er losgezogen, um eine neue Flasche von ihrem Parfüm zu kaufen, was hätte er auch sonst schenken sollen. Nach der Beerdigung hatte seine Tochter den Schrank aufgeräumt und sieben Flaschen davon gefunden. Ganz hinten, hinter den Pullovern im obersten Fach. Sie waren alle noch verschlossen gewesen. Seine Tochter hatte die Flaschen schweigend auf den Nachttisch gestellt und ihn vorwurfsvoll angeschaut. Sieben Flaschen. Anscheinend hatte sie schon jahrelang kein Parfüm mehr genommen. Was für eine Verschwendung. Sie hätte ja auch mal etwas sagen können. Schließlich hatte er es ja nur wegen ihr gekauft. Freiwillig wäre er bestimmt niemals in eine dieser Parfümerien gegangen, wo diese viel zu stark geschminkten Frauen einen ansprühten, wenn man nicht aufpasste, mit viel zu stark riechenden Wolken aus bunten Flaschen. Nein, auf diese ganze Sache mit den Geschenken konnte er wirklich verzichten.

Seine Tochter kam auch nicht mehr. Eine Zeit lang hatte sie ihn zusammen mit ihrem Mann besucht. Sonntags waren sie vorbeigekommen, oder sie hatten ihn zum Kaffeetrinken eingeladen. Seine Tochter hatte Kuchen gebacken und viel zu starken Kaffee gekocht, den er kaum trinken konnte. Doch irgendwann hatte sie damit aufgehört, und er war erleichtert gewesen. Wenn er etwas gesagt hatte, am Tisch mit ihr und dem viel zu starken Kaffee, hatte sie ihren Mann immer bedeutungsvoll angeschaut und genervt die Augen gerollt. Vielleicht hatten die beiden gedacht, er würde es nicht merken. Vielleicht war es ihnen auch egal gewesen, ob er etwas merkte oder nicht. Ihm war es jedenfalls mittlerweile egal. Seine Frau hatte die Tochter immer in Schutz genommen. Ihm erklärt, was er wieder nicht verstanden hatte. Warum er sie wieder gekränkt hatte. Was er wieder falsch gemacht hatte. Einmal hatte er gehört, wie sie am Telefon diesen Satz gesagt hatte. »Du weißt doch, wie er ist, nun stell dich doch wenigstens mir zuliebe nicht so an und komm Weihnachten zum Mittagessen.« Hatte es jemals irgendjemanden interessiert, was ihn kränkte?

Die Haustür knarrte, als er sie öffnete. Das tat sie stets, wenn es kälter wurde. Wenigstens wurde es Winter, dachte er. Im Winter sollte man frieren, und im Sommer sollte man schwitzen. Dann war es richtig. Nicht umgekehrt. Nicht dass ihm etwas an Weihnachten lag, aber dass es an Weihnachten so mild war wie im Frühling, war nicht richtig. Er schleppte seine Einkäufe nach oben in den zweiten Stock. Eigentlich hatte er gar nicht so viel eingekauft, aber es war schwer genug. Er hasste es, schwere Taschen nach oben zu tragen. Als er die Tasche vor seiner Wohnungstür abstellte, um aufzuschließen, war er jedenfalls froh, dass er wieder zu Hause war.

Seine Frau hatte immer gut gerochen. So ein bestimmter Geruch, der sie einfach umgeben hatte. Der Geruch hatte ihn schon begrüßt, sobald er die Wohnungstür öffnete. Jetzt roch es schon lange nicht mehr so, wenn er die Tür aufmachte. Er hatte immer gedacht, es wäre das Parfüm, das er ihr jedes Jahr zu Weihnachten geschenkt hatte.

Die Wohnungstür fiel mit einem Krach ins Schloss, und Michael rannte die vielen Stufen im Treppenhaus hinunter. Er war wie immer zu spät aufgebrochen, ein paar entscheidende Minuten zu spät. Und wie immer würde so viel Verkehr sein, dass er es nicht schaffen würde, die fehlenden Minuten aufzuholen. Das wäre doch mal ein schöner Vorsatz für das nächste Jahr, dachte er, als er unten angelangte und die Haustür aufriss. Immer fünf Minuten früher losgehen. Immer fünf Minuten extra einplanen für die Suche nach dem Autoschlüssel, dem Wohnungsschlüssel, der Brille, seiner Geldbörse, dem Handy, der Karte für den Parkplatz und den Noten. Er dankte den musikalischen Göttern, dass sie ihm die Neigung zu einem großen, unübersehbaren Instrument geschenkt hatten. Als Flötist wäre er verloren gewesen. Aber so ein Kontrabass war erstens nicht zu übersehen, und zweitens legte man ihn selten gedankenverloren irgendwohin. Wie zum Beispiel in den Kühlschrank, in dem er letztens seine Schlüssel wiedergefunden hatte. Er drehte am Knopf des Autoradios, um noch die Verkehrsmeldung zu erwischen. Auch hier war er zu spät. Sie waren schon beim Wetter »… Tiefdruckgebiet, das aus Südwest heranzieht, schiebt milde Meeresluft vor sich her. Das heißt, es wird neblig-trüb und mit sieben bis neun Grad für die Jahreszeit zu mild. In der Nacht sinken die Temperaturen auf drei Grad, und es bleibt frostfrei. Die Schneewahrscheinlichkeit liegt bei dieser Gesamtwetterlage nahe Null, und es müsste schon ein Wunder geschehen, damit es in unserem Sendegebiet ein weißes Weihnachtsfest gibt. Deshalb sorgen wir wenigstens musikalisch für Schnee: White Christmas!« Wenn der Mann gewusst hätte, was er mit diesem Lied anrichtete,

Schmuddelwetter an den Feiertagen und sentimentale Träume von weißer Weihnacht. Und für ihn gab es kein Entkommen. Die Feiertage waren schon immer große Konzerttage, da gab es keinen Urlaub für das Orchester, keinen Schnee in den Bergen. Stattdessen gab es die klassischen Gassenhauer für das Festtagspublikum. Dieses Jahr war es unter anderem Mozarts Klavierkonzert G-Dur, das war relativ leicht bekömmlich, und es machte Spaß.

Er schaffte es gerade noch rechtzeitig in den Saal, ohne zu sehr aufzufallen. Der Dirigent hatte auch etwas Verspätung, und es war sowieso etwas unruhiger als sonst.

»Hast du schon alle Geschenke?«, fragte ihn sein Nachbar. »Hoffentlich dauert die Probe nicht länger, ich muss nämlich danach noch einmal los.«

»Ich habe noch kein einziges Geschenk«, antwortete Michael. »Aber das geht hoffentlich schnell, einmal Unterhaltungselektronik und zurück. Für etwas anderes interessieren sich die Kids sowieso nicht. Gila wird ihnen dafür bestimmt etwas pädagogisch Wertvolles zukommen lassen.« Er nickte hinüber zu den Klarinetten, von wo Gila ihn gerade ansah, als hätte sie gehört, was er soeben gesagt hatte. Sie sah immer so aus, als könnte sie hören, was er dachte, und als wäre es einfach immer das Falsche. Sie könnte so süß sein mit ihren blauen Augen. Wenn sie nicht so streng wäre. Seine eigene Mutter war nicht halb so streng mit ihm gewesen wie Gila. Er erinnerte sich noch ganz genau daran, wie erleichtert er sich nach der Trennung gefühlt hatte. Frei und erleichtert. Natürlich hatte es auch geschmerzt, natürlich, aber an das Gefühl von Erleichterung konnte er sich am besten erinnern. Es hatte alles mit dem Cabrio angefangen. Sommer, Sonnenschein und blauer Himmel, ein fester Vertrag mit dem Orchester, eine unerwartete Steuerrückzahlung und dann dieser kaum gebrauchte Z3 bei dem Händler an der Ecke. Das Gefühl, das Verdeck zu öffnen und den Motor anzulassen, warmer Wind im Gesicht, laute Musik mitten im Straßenleben, der Geruch der Stadt im Sommer. Das Glück, etwas Spontanes zu machen, etwas Verrücktes, Einmaliges! Dieses von innen nach außen juchzende Glück! Als er noch ein Junge war, war er einmal mit einem ähnlichen Glück im ganzen Bauch nach Hause gekommen. Er hatte es nämlich geschafft, das langweilige Lexikon, das er zum Geburtstag geschenkt bekommen hatte, gegen eine komplette Sammlung Hanuta-Fußballbildchen einzutauschen, und jäh die Kurzlebigkeit solchen Glücksgefühls kennengelernt, weil seine Mutter nicht einmal andeutungsweise ähnlich empfand.

Als er mit dem Z3 nach Hause gekommen war, hatte es sofort einen von Gilas damals schon sehr berühmten Falsch-Blicken gegeben. Einen besonders großen und ernsthaften, und das Glücksgefühl hatte sich in Luft aufgelöst. »Und wie willst du den Kontrabass da hineinbekommen?«, hatte sie spitz gefragt und ihm bestimmt angesehen, dass er daran keine Sekunde gedacht hatte. Der Z3 war doch kein vernünftiges Auto. Der war nicht zum Transport. Der war zum Spaß. Der war für Tage mit einem hohen Himmel und dem Gefühl, man könnte eigentlich auch in Urlaub fahren statt zur Probe, einfach so, ins Blaue.

»Da nehme ich den Kombi, und du kannst ihn fahren«, hatte er geantwortet und war noch eine kurze Sekunde lang stolz gewesen, dass ihm das so schnell eingefallen war. Eine ganz kurze Sekunde. Er hatte den Satz noch nicht zu Ende gesprochen, als der erschreckende Gedanke auftauchte, den Gila ihm sogleich ins Gesicht gespuckt hatte. »Und wohin kommen dann die zwei Kindersitze?« Warum fielen Frauen diese Sachen immer so schnell ein? Frauen hatten in den entscheidenden Momenten immer die besseren Vorwürfe. Und Gila hatte von allen Frauen, die er kannte, und das waren einige, schon immer die allerbesten Vorwürfe gehabt.

Der Streit danach war nicht schön gewesen, die Trennung war auch nicht schön gewesen, aber seiner Meinung nach war das berühmte Ende mit Schrecken auf alle Fälle besser als der Schrecken ohne Ende. Mittlerweile mochte er sogar wieder Klarinettensoli.

»Du hast die Gans nicht abgeholt?« Ungläubig starrte Waltraud ihrem Mann ins Gesicht. »Sie war bis 16.00 Uhr für uns reserviert! Wir hatten doch abgemacht, dass du heute früh Schluss machst und sie abholst, damit ich nicht mit dem Tier in den Bus muss.«

»Ich habe nicht mehr daran gedacht«, sagte Achim schuldbewusst.

»Toll. Zufällig habe ich dieses Jahr auch ein paar Sachen vergessen. Die Maronen und das Rotkraut, ach, und die Geschenke, hab ich ja ganz vergessen! Und die Kinder einzuladen, wo hab ich nur meinen Kopf!«

»Ach, Waldi, es tut mir doch leid.«

»Es tut ihm leid! Na dann ist ja alles gut! Davon fliegt uns jetzt die Gans in den Ofen, und alles ist paletti.«

»Waldi, sei doch nicht so böse, ich kümmere mich morgen drum. Ich krieg noch eine Gans. Glaub mir. Die haben sie bestimmt für uns aufgehoben, und wenn nicht, krieg ich eine andere. Jetzt beruhigst du dich erst mal, und wir gucken morgen, was wir machen können.«

»Morgen. Morgen wollten wir den Baum aufstellen. Und geschmückt werden muss er auch noch. Und ich wollte die Füllung vorbereiten. Morgen ist wirklich genug anderes zu tun. Du weißt das ja nicht, du kümmerst dich ja um nichts. Wenn ich nicht wäre, würde Weihnachten gar nicht stattfinden!« Waltraud war fassungslos. Da gab man dem Mann eine kleine Aufgabe. Eine einzige kleine Aufgabe. Und dann das. »Wenn du wüsstest, was für eine Arbeit das immer ist! Das muss man planen. Da kann man nicht den halben Tag nach einer Gans suchen. Am Ende kommst du dann noch mit so einem gemästeten Tiefkühlteil, bei dem man sowieso nicht weiß, wie oft es schon aufgetaut war. Warum bestellen wir denn extra auf dem Waldhof? Ich brauch dich morgen früh für andere Sachen. Der Baum steht noch nicht. Vergisst der Mann die Gans! Das darf doch wohl nicht wahr sein.« Sie merkte, dass Achim sie in ihrer Tirade hilflos anstarrte. Das fehlte gerade noch.

Wutschnaubend zog sie in die Küche und warf die Tür hinter sich zu. Das sollte mir mal passieren, dachte sie. Die Gans vergessen. Da wäre die Hölle los. Etwas vergessen! Waldi, warum gibt's denn keine Bockwürstchen zum Kartoffelsalat? Ach, jetzt hab ich keinen Hunger mehr. Ohne Bockwürstchen schmeckt mir der Kartoffelsalat nicht.

Geräuschvoll räumte sie die Spülmaschine aus. Es tat ihr gut, die Sachen so richtig auf die Platte zu knallen. So fest es eben ging. Die Sachen aus Metall ein bisschen lauter als die aus Porzellan. Wenn etwas kaputtging, müsste sie ja doch die Scherben selber wegmachen. Die Schöpfkelle.

Peng. Die Rührschüssel. Bumm. Den Topfdeckel. Bang.

Waldi, warum sind meine Hosen denn noch in der Reinigung? Ach, haben wir gar nichts Süßes mehr im Haus, Waldi, wo ist denn die Schokolade? Die Käsereibe. Zong. Waldi, was ist denn das für eine Mahnung? Hast du vergessen zu überweisen? Waldi, morgen hat ja Sanne Geburtstag, was sollen wir ihr denn schenken? Jetzt ist es ja viel zu spät, etwas zu schicken! Waldi, Waldi, Waldi. Sie hasste diese Abkürzung sowieso. Das klang wie Dackel. Rauhaardackel. Mit kleinen krummen Beinen. Mit kleinen krummen Beinen stets zu Diensten. Ach, sie war es leid. Einfach leid. Immer war sie für alles zuständig. Immer war sie diejenige, die an alles denken musste, die für alle sorgte, die sich um alles kümmerte. Sie erwartete ja nicht, dass Achim den Haushalt machte, wie die jungen Männer das heutzutage versuchten. Oder dass er kochte. Um Himmels willen, beim Gedanken daran musste sie fast lachen. Sie hatte ja immer ein paar Mahlzeiten im Tiefkühlschrank für ihn, falls mal etwas mit ihr war. Man kam ja jetzt in das Alter, wo immer mal was sein konnte. Sie wusste nicht, ob er es überhaupt schaffen würde, sich das vorbereitete Essen tatsächlich auch aufzutauen und warm zu machen. Der kriegte ja noch nicht mal ein Ei gekocht. Und Sanne würde bestimmt nicht kommen und sich um ihren Vater kümmern. Die war beschäftigt. Die lebte ihr eigenes Leben. Sie hatte sie falsch erzogen. Na ja, sie sollte es mal besser haben, eigenes Geld verdienen, mehr erreichen. Aber sie hatte sie verwöhnt. Sie hatte ihr nicht beigebracht, sich zu kümmern um die anderen. Vielleicht war Sanne nicht wirklich egoistisch. Na ja, vielleicht doch. So ich-bezogen eben. Das war ja vielleicht das Gleiche. Immer musste sie für alles herhalten: Mama, kannst du mir helfen? Mama, ich krieg diesen Kuchen nicht hin, kannst du mir so einen backen? Mama, ich hab keine Ahnung, was ich Papa schenken soll. Kannst du mir was sagen? Ach, könntest du es auch besorgen, dann brauch ich's nicht schicken. Ich gebe dir dann das Geld.

Und Philipp war keinen Deut besser. Sie hatte die beiden verwöhnt. Die ganze Familie hatte sie über all die Jahre verwöhnt. Die wussten doch gar nicht, was sie an ihr hatten. Die hatten doch keinen blassen Schimmer davon, was sie alles machte und an was sie alles dachte und dass das alles gut geplant werden musste und dass alles wirklich viel Arbeit war. Da hatte sie extra noch Baumkuchen besorgt für Achim. Extra für ihn. Na, den würde sie jetzt alleine essen. Keinen Krümel würde er davon bekommen, keinen einzigen.

Vielleicht streike ich einfach mal, dachte sie. Gibt's halt keine Gans. Gibt's halt kein Weihnachten. Weihnachten, hoppla, das hab ich ja ganz vergessen! Ich dachte noch, irgendetwas war doch diese Woche … Der Gedanke gefiel ihr. Achim vergaß die Gans. Sie vergaß Weihnachten. Warum nicht? Sie würde streiken. Der Gedanke gefiel ihr immer besser. Streik!

Rosa Wagner schaute aus dem Fenster. Es war noch keine Schneewolke zu sehen. Aber wenn ihre alten Knochen sie nicht täuschten, würde es zu Weihnachten schneien. Noch einmal Schnee. Sie lächelte versonnen. Wie sie es geliebt hatte, den Schnee fallen zu sehen. Immer hatte sie es geliebt, wenn die Welt plötzlich wie verzaubert war. Alles hielt dann still, und das Licht, das zum Fenster hereinfiel, war so ganz anders als sonst.

Die hellen Schneenächte, die hellen Schneetage. Und die fallenden, tanzenden Flocken. Schau, Rosi, jede sieht anders aus, hatte ihr Albert immer zu ihr gesagt. Sie hatte daraufhin gelacht und erwidert, ich find dir zwei gleiche. Na ja, die Augen hatten dann irgendwann nachgelassen, und deshalb wurden sich alle Schneeflocken mit den Jahren sowieso immer ähnlicher. Dieses Gefühl, das heiße Gesicht nach oben zu halten und darauf zu warten, wie ganz zart, kaum spürbar und doch wie ein kühler, kleiner Kuss eine Schneeflocke auf der Haut schmolz, oder auf der Zunge. Iss keinen Schnee, hatte die Mutter immer gesagt. Und sie hatte es trotzdem getan. Köstlich hatte er geschmeckt, sie könnte gar nicht sagen, wie, aber köstlich. Ihrer Tochter hatte sie es auch immer verboten, Schnee zu essen. Iss keinen Schnee, Lissi, davon bekommst du Bauchweh. Bestimmt hatte auch sie heimlich Schnee gegessen. Und auch kein Bauchweh bekommen. Ob ihr der Schnee auch immer so gut geschmeckt hatte? Sie konnte Lissi nicht mehr fragen. Lissi. Ihre Lissi. Aber lange würde es nicht mehr dauern. Dann würde sie wieder zusammen sein mit ihren Lieben. Mit Albert. Mit Lissi. Mit ihrer Mutter. Ihrem

Vater. Es war bestimmt nicht schön, früh zu sterben. Aber es war auch nicht schön, übrig zu bleiben. Alleine übrig zu bleiben und einen nach dem anderen zu verlieren. Vor allem Lissi. Dass der liebe Gott ihr das nicht erspart hatte. Das konnte sie nicht verstehen. Hätte er doch sie geholt stattdessen. Viele, viele Nächte hatte sie mit ihm gehadert, und viele, viele Tage. Die Wege des Herrn sind unergründlich, hatte der Pfarrer gesagt. Das war ein schrecklicher Satz. Sie war lange nicht mehr in die Kirche gegangen danach. Was verstand der Pfarrer schon von Schmerzen! Nichts. Und der unergründliche Gott auch nicht. Sie hatte ihren lieben Gott wiederhaben wollen. Der, der sie führte mit sicherer Hand. Dem man vertrauen konnte. Den unergründlichen Gott hatte sie nicht gewollt, der ihr solche Dinge antat, die sie nicht verstand. Es war nicht richtig, dass die Kinder vor den Eltern gingen. Es war einfach nicht richtig. Albert war immer noch zur Kirche gegangen, wie vorher auch. Jeden Samstag, zur Vesper, vor allem wenn der Chor so schön sang. Sie konnte das nicht. Lange konnte sie das nicht. Erst als Albert sie auch noch verlassen hatte, da ging sie manchmal in die Kirche, saß stundenlang alleine in der Bank und führte Gespräche, mit sich, mit Albert, mit Lissi und irgendwann dann auch mit Gott. Mit ihm schimpfte sie, wütete, klagte, weinte. Es tat ihr gut, sich mit ihm anzulegen. Wieder in die Kirche gehen zu können. Es war ein vertrauter Ort. Das hatte damals irgendwie geholfen. Obwohl sie nicht ins Reine gekommen war mit dem Gott, den sie einmal gekannt hatte.

Das Laufen war inzwischen so beschwerlich geworden. Immer musste sie diesen mühseligen Stock dabeihaben. Und es war ihr irgendwie auch peinlich. Was war sie früher gut zu Fuß gewesen! Ob sie es Heiligabend in die Christmette schaffen würde? Noch einmal *O du fröhliche.* Noch einmal würde sie dabei sein, wenn alle anfingen, erst leise und dann immer lauter *O du fröhliche* zu singen. Das hatte Lissi immer geliebt. Schon als kleines Mädchen hatte sie es geliebt. Wenn die anderen Kinder ringsherum schon unruhig wurden, dann hatte sich diese kleine Hand in ihre große Hand geschoben und ganz festgehalten. Und dann hatte Lissi mit weiten, glänzenden Augen zu ihr aufgeschaut. Vielleicht würde sie es schaffen, dieses Jahr, vielleicht würde sie es für Lissi noch einmal erleben.

Und dann noch einmal Schnee. Das wäre schön. Sie würde einfach früh genug losgehen.

Es klingelte, und sie ging langsam an die Tür. Die junge Frau von gegenüber stand vor der Tür, mit roten Wangen, ein bisschen atemlos. Ein hübsches Mädel war das. Und nett war sie auch, hatte sich vorgestellt, als sie eingezogen waren, und sich entschuldigt für den Lärm und so weiter. »Entschuldigen Sie, Frau Wagner«, sagte sie. »Sie haben nicht vielleicht zufällig eine Säge, oder? Wissen Sie, wir haben zum ersten Mal einen eigenen Baum, und er ist zu groß. Also, der Stamm. Der Stamm passt nicht in unseren Baumständer, und wir müssen ihn dünner machen!«

»Ach du liebe Zeit!«, sagte die alte Dame und schüttelte ihren Kopf, dass die kleinen weißen Löckchen wippten. »Eine Säge habe ich nicht, ich hatte ja seit Jahren keinen Baum, und gesägt habe ich auch noch nie, wenn ich ehrlich bin. Das hat immer mein Mann gemacht, aber eine Säge …, nein, ich wüsste nicht, wo eine Säge sein könnte. Ob der Herr Eberling eine Säge … Nein, das glaub ich nicht. Das würde mich wundern. Die anderen hier, hm, ich wüsste nicht, wer … Ach, vielleicht fragen Sie mal bei Hennings oben. Die könnten so etwas haben. Er ist ja so ein Heimwerker, wissen Sie, der macht immer mal was selbst. Fragen Sie da mal nach, da haben Sie vielleicht Glück.«

Ihr erster Weihnachtsbaum, und er passt nicht. Frau Wagner schüttelte lächelnd den Kopf, nachdem die Tür hinter Isabell ins Schloss gefallen war. Ihr allererster Baum damals war ein ganz kleiner gewesen. Grade mal ein halber Meter, höchstens. In ihr Wohnzimmer hätte auch gar kein größerer Baum gepasst. Diese winzige Stube, in der sie damals wohnten! Direkt nach dem Krieg hatte man ja nichts. Aber weil ihr Wohnzimmer so klein war, hatten sie es wenigstens schön warm. Dafür gab es immer gerade genug Holz. Manchmal fanden sie sogar ein bisschen Kohle, und wenn sie Geld übrig hatten, kauften sie sich welche. Dieser erste Winter war hart, aber sie waren so glücklich gewesen. Endlich ihr eigenes kleines Reich zu haben, endlich zusammen zu sein, das war herrlich! Der Krieg war vorbei, und das Leben konnte losgehen. So lange hatten sie darauf gewartet, dass das richtige Leben anfing nach diesem schrecklichen Krieg. Als der Krieg ausbrach, war sie gerade fünfzehn. Fünfzehn und voller Hunger auf Leben, und dann musste sie so viele Jahre warten, dass sie schon dachte, ihr Leben würde nie mehr richtig beginnen. Aber dann hatte es doch begonnen. Sie hatte Albert kennengelernt, und als er eine Stelle hatte, konnten sie endlich heiraten und sich die erste kleine Wohnung in der Stadt mieten: Toilette auf halber Treppe, aber eine Badewanne im Schlafzimmer, mit einem Boiler, den sie am Wochenende heizten, um das Wasser und damit auch das Schlafzimmer zu wärmen, und ein kleines Wohnzimmer mit einem Ofen, an dem sie saßen und sich aus der Zeitung vorlasen und später, als sie ein Radio hatten, auch Radio hörten. Das war ihr kleines Reich gewesen. Auf dem Balkon hatten sie eine Kiste mit Kartoffeln von ihren Eltern, ab und zu lag auch ein Kohlkopf darin, oder ein paar Möhren, es gab immer einen Korb voll Reisig, das sie an den Wochenenden sammelten, wenn sie im Wald spazieren gingen, und gleich daneben einen Stapel mit den gekauften Scheiten. Sie lächelte, als sie an dieses erste Jahr dachte.

In ihrem ersten gemeinsamen Advent hatten sie abends zusammen Strohsterne gebastelt an ihrem Esstisch, die hatte sie jetzt immer noch, und dann hatte Albert eines Abends in der Tür gestanden, mit dem kleinen Baum und sechs Kerzenhaltern und echten Bienenwachskerzen. Wo er die bloß herhatte. Sie wusste noch genau, wie er ihr den Baum entgegenstreckte, wie einen riesigen Blumenstrauß. Sie hatten einen Bogen Lametta gekauft und jeden Silberfaden einzeln an die Nadeln gehängt. Dieses erste Weihnachten. Sie hatte lange nicht daran gedacht. Einen Christbaumständer hatten sie damals gar nicht gehabt. Sie hatten einen Eimer mit nassem Sand gefüllt und den Baum da hineingesteckt. Ach, Albert, dachte sie. Weihnachten mit dir war schön.

Isabell stieg die Treppen hoch, bis sie vor der Tür von Hennings stand. Hennings waren also Heimwerker. Das war immer gut zu wissen. Na ja, erst mal musste man ja sehen, wie die überhaupt so drauf waren. Vielleicht konnte man mit denen auch gar nicht reden. Wie die alte Frau Wagner wohl Weihnachten feierte? Sie hätte sie fragen sollen. Ob sie Kinder hatte, bei denen sie feierte, oder ob jemand zu ihr kam. Dann hätte sie aber bestimmt einen Baum gehabt, und Isabell hatte keinen gesehen. Vielleicht würde sie morgen von jemandem abgeholt. Hoffentlich. Wie traurig, wenn so eine nette alte Dame an Weihnachten alleine wäre. Sie erinnerte Isabell an ihre Omi, die sie noch immer oft vermisste, obwohl sie nun schon seit einigen Jahren tot war. Ihre Omi hatte Nick nie kennengelernt. Sie war ihm erst nach ihrem Tod begegnet, aber sie war sich sicher, dass er ihr gefallen hätte.

Isabell klingelte. Es dauerte eine Weile, dann öffnete ein Mann die Tür. Das musste er sein, der Heimwerker. Isabell hatte nicht das Gefühl, ihn schon einmal gesehen zu haben.

»Herr Henning …?«, begann sie zögernd.

»Ja?« Er blickte sie etwas misstrauisch an.

Nachdem sie ihr Sprüchlein vorgetragen hatte, wollte er sofort mit ihr in den Keller gehen, um ihr die Sägen zu zeigen, die er dort hatte, damit sie sich die richtige aussuchen konnte. Sie protestierte, das könne sie gar nicht, und bestimmt wüsste er am besten, welche Säge man da nähme. Außerdem wollte sie höflich sein und fügte schnell hinzu, dass es auch später ginge, wenn sie ihn grade störe, vielleicht sei sie ja völlig unpassend gekommen. Doch Herr Henning ignorierte ihre Einwände einfach, nahm einen Schlüssel vom Schlüsselbrettchen, das genau neben der Tür angebracht war, und ging nach unten. So was von freundlich, dachte sie, so hilfsbereit. Was ist das für ein nettes Haus!

Sie folgte ihm einfach durchs Treppenhaus nach unten in den Keller. Und dort war es nicht zu übersehen: Er war wirklich ganz und gar Heimwerker. Der Keller war perfekt eingerichtet, durch passende Einbauten bis in den letzten Winkel genutzt. An einer Seite stand eine lange Werkbank, und darüber hingen alle Werkzeuge ordentlich aufgereiht, nach Größen sortiert. Die Sägen waren ganz rechts. Daneben befand sich ein Schraubenschränkchen, mit bestimmt fünfzig kleinen, akkurat beschrifteten Schubladen. Und darauf stand ein Radiowecker aus den Siebzigern, ein kugeliges, knalloranges Gebilde.

»Cooles Radio«, sagte sie. »Haben Sie denn hier unten Empfang?«

»Ja«, antwortete Herr Henning und führte sie stolz einen Schritt weiter. »Sehen Sie, ich habe hier ein Antennenkabel an dem Schacht hochgeführt. War damals ein Hochzeitsgeschenk. Jetzt ist er ein bisschen aus der Mode, meine Frau konnte ihn jedenfalls nicht mehr sehen, aber hier unten bin ich froh über das Radio. Und manchmal ist es auch nicht schlecht zu wissen, wie viel Uhr es ist!«

Verstohlen schaute sie sich um. Es war alles perfekt bis ins kleinste Detail. Eine Fülle ausrangierter Sachen war neu zusammengestellt. Ein Jugendschreibtisch, eine alte Stehlampe, vielleicht ein Erbstück, das nicht bei ihnen in die Wohnung passte. Herr Henning war ihrem Blick gefolgt. »Ist so mein kleines Reich hier.«

»Das ist toll«, staunte Isabell. »Irre, was Sie hier zusammengezaubert haben. So einen Keller hab ich noch nie gesehen. Ich glaube, wir haben gar keinen Keller, oder?«

»Doch, doch«, sagte Herr Henning. »Jeder hat einen Keller. Ihrer müsste hier gegenüber sein.«

»Eigentlich brauchen wir ihn gar nicht. Wir haben ja noch nicht mal eine Säge, die wir reinlegen könnten.«

»Was nicht ist, kann ja noch werden! Sie können mal mit Getränken anfangen. Schön kühl im Sommer.«

»Gute Idee. Hm. Können Sie mir einen Tipp geben, welche Säge am besten wäre?« Nick wunderte sich bestimmt schon, wo sie blieb.

Herr Henning beugte sich zu den Sägen. »Wie viel Stamm muss denn ab? Ach, wissen Sie was, ich gebe Ihnen mal die beiden hier mit. Damit müssten Sie zurechtkommen. Kann Ihr, äh, Mann, also Freund, oder? Also, kann er damit umgehen? Sonst klingeln Sie einfach noch mal, dann helfe ich Ihnen auch. Mach ich gerne.«

»Das ist echt nett von Ihnen.« Isabell nahm die zwei Sägen entgegen und lächelte Herrn Henning an. »Aber wir schaffen das bestimmt. Und Sie haben sicher noch viel zu tun. Vor Weihnachten haben doch immer alle so viel zu tun!«

Sanne Henning war noch im Büro. Draußen war es schon dunkel, sie hatte gar nicht gemerkt, wie die Zeit vergangen war. Eigentlich hatte sie vorgehabt, nur schnell für zwei Stunden ein paar Sachen vorzubereiten, für die Präsentation, die nach Weihnachten anstand. Jetzt war sie doch schon wieder länger hier. Sie schaute auf die Uhr. Mist. Sie brauchte noch die ganzen Geschenke. Sie hatte noch gar nichts! Vielleicht könnte Philipp die besorgen. Der könnte ja auch mal was tun. Die ganzen Weihnachtstage würde er wieder fett im Sessel sitzen und sich von Mama bedienen lassen. Er half ja noch nicht mal abräumen. Ach, sie mochte gar nicht an Weihnachten denken. Alle Jahre wieder. Mama stand in der Küche und machte alle verrückt mit ihrer Superplanung, bei der nie etwas schiefging. Sie war so perfekt. Alles war bis aufs i-Tüpfelchen genau so, wie Mama es haben wollte. Sie fragte nur nie nach, ob die anderen es auch so haben wollten. Ob es denn immer Gans geben musste und ob unbedingt an Heiligabend die nicht symmetrisch hängenden Kugeln noch schnell umgehängt werden mussten. Wenn Mama mal lockerer sein könnte, dann hätten bestimmt alle mehr Spaß. Sie griff zum Hörer des Telefons, das auf ihrem Glasschreibtisch stand.

»Na, Brüderchen, wie sieht's aus in Sachen Weihnachtsgeschenke? Sollen wir nachher zusammen was besorgen für Mama und Papa? Oder könntest du schon vorgehen, und ich stoße dann dazu?«

»Du meinst, ich soll alles besorgen, und du gibst mir dann morgen im Auto die Hälfte dazu. Wenn du es nicht vergisst, wie letztes Jahr!«, antwortete ihr Bruder.

»Was? Ich hab dir das Geld doch gegeben!« Sanne war empört.

»Leider noch nicht. Und weil auch kleine Brüder lernfähig sind, habe ich dieses Jahr schon alle Geschenke zusammen. Alleinfinanzierung. Es wäre einfach popelig, wenn du dich da auch noch dranhängst. Und popelig wollen wir ja nicht sein, oder?«

Philipp grinste ins Telefon. Das entging seiner Schwester nicht. Sie wusste genau, wie es sich anhörte, wenn ihr Bruder am Telefon grinste.

»Das hast du mit Absicht gemacht.«

»Hmm.«

»Sag mir wenigstens, was es ist, damit ich nicht das Gleiche kaufe.«

Philipp machte eine kleine Kunstpause.

»Für Papa ein Buch, Bildband. Werkzeuge und ihre Geschichte. Und für Mama eine Kette. Süßwasserperlen.«

»Mag sie die denn?«

»Hmm.«

»Was du alles weißt.«

»Hmm.«

»Grins nicht so laut«, seufzte Susanne. »Sag lieber, wann wir morgen fahren.«

»Wenn wir um eins fahren, sind wir um drei da. Dann liegen wir gut in der Zeit.«

»Lass uns um drei fahren. Dann sind wir um fünf da und liegen immer noch gut in der Zeit.«

»Um zwei.«

»Um drei.«

»Um zwei. Du weißt doch, wie Mama ist. Die wird nur nervös, wenn wir nicht da sind, bis es dunkel wird.«

»Halb drei. Ich hol dich ab.«

Sie legte auf. Die Tischplatte war kühl. Sannes Blick fiel aus dem Fenster. Überall waren Lichter angegangen. Das war schöner als das Grau, das sich den ganzen Tag nicht verändert hatte. Helle Fenster im Dunkel. Als Kind hatte sie oft in der Dämmerung am Fenster gestanden und zugeschaut, wie draußen ein Licht nach dem anderen anging. Und gedacht, dass zu jedem Licht ein Mensch gehörte, der es angeschaltet hatte. Und dass man deshalb nie alleine war. Sie hatte lange nicht in der Dämmerung am Fenster gestanden und nach draußen geschaut.

Eine Kette für Mama. Von ihrem Lieblingssohn. Da war es mal wieder schwer mitzuhalten. O Gott. Am liebsten würde sie Weihnachten einfach zu Hause bleiben, sich in die Wanne legen und sich einen antrinken.

Ohne Tannenbaum: So einen schönen hatten wir noch nie!

Ohne die Strohsterne: Weißt du noch, wie wir die gebastelt haben, als ihr klein wart? Ach, ihr wart so süß, als ihr klein wart.

Ohne Gans: Dieses Jahr ist sie aber besonders zart. Der Geschmack ist auch gar nicht so streng. Es lohnt sich halt doch, sie am Waldhof zu holen.

Ohne Füllung: Kind, nimm doch noch. Es ist ja sonst viel zu viel übrig!

Es war alles so vorhersehbar. Es gab nie eine Überraschung. Solange sie zurückdenken konnte, lief Weihnachten immer nach dem gleichen Muster ab. Unveränderbar. Voll verplant. Und sie hatte noch kein einziges Geschenk. Doch plötzlich hatte sie eine Idee. Sie griff zum Telefonhörer. Sie hatte das Gefühl, dass ihr ein sagenhafter Coup gelungen war. Wenn alles klappte, hatte sie nicht nur ein Geschenk für alle. Das Geschenk brachte es obendrein noch mit sich, dass die Weihnachtsroutine im Hause Henning mal ordentlich durcheinanderkommen würde.

Am Heiligabendritual war nicht zu rütteln, da musste sie wohl oder übel durch, aber der erste Feiertag würde unter anderen Vorzeichen stehen, das würde richtiggehend Familiengeschichte machen. Ach, das war doch das Jahr, in dem Sanne eigenmächtig die Weihnachtsroutine geändert hat! Es war nicht ganz leicht, ihren Plan so kurzfristig noch umzusetzen, sie musste ihre ganze Überredungskunst aufbringen und ihren Charme spielen lassen, aber sie schaffte es letztendlich. Sehr zufrieden mit sich schaltete sie den Computer ab. Wenigstens hatte sie jetzt nicht mehr allzu viel Arbeit und würde die restliche Vorbereitung rechtzeitig hinbekommen zwischen den Jahren. Und nicht nur rechtzeitig. Sie würde es richtig gut hinbekommen. Man musste eben nur perfekt planen.

Als Michael nach der Probe das Gebäude verließ, hatte er das Gefühl, dass es viel kälter war, als die Wettervorhersage prognostiziert hatte. Komisch. Na ja, wenn einem dieses klamme Schmuddelwetter am Mantelkragen vorbei und den Hals hinunterkroch, fror man sowieso immer mehr.

Gefühlte Kälte. Damit kannte er sich seit seiner gescheiterten Ehe gut aus. Er schlug den Kragen hoch und ging rasch zum Auto. Wenigstens musste er nicht mehr ewig durch die Stadt rennen. Er beglückwünschte sich zu seiner Idee, alles unter einem Dach zu besorgen.

Es begann damit, dass er nicht ins Parkhaus kam. Vielleicht war die Idee, alles unter einem Dach zu besorgen, doch nicht so gut gewesen. Genau das schienen nämlich ziemlich viele Menschen ebenfalls gedacht zu haben. Weil die Warteschlange, die sich davor angesammelt hatte, so lang war, dass es unmöglich schien, noch an diesem Tag dort Einlass zu finden, beschloss er, einmal um den Block zu fahren, um dort einen Parkplatz zu suchen. Doch genau das hatten offensichtlich alle anderen auch beschlossen. Als er das Einkaufszentrum endlich betrat, war er schon völlig entnervt. Alle Verkäufer, die ihn hätten beraten können, waren entweder schon mit drei Kunden gleichzeitig beschäftigt oder gingen gerade in ihre bestimmt wohlverdiente Pause. Er stand eine Weile unschlüssig herum, dann suchte er den Weg zu den Tablets und überlegte, ob er seine Kinder wohl überhaupt noch zu Gesicht bekäme, wenn er tatsächlich beiden ein eigenes Tablet schenkte. Sie wünschten es sich brennend, das wusste er, und er wünschte sich auch brennend, sein Tablet wieder für sich zu haben. Kurz zögerte er. Nina und Olli würden beide in ihre Zimmer verschwinden und sich dort mit ihren Serien einigeln. Er liebte es eigentlich, mit den beiden zusammen Fernsehen zu schauen. Die Ausdauer, die er dabei an den Tag legen konnte, hatte Gila immer entsetzt. Aber seit ihre Interessen sich nicht mehr deckten, jeder etwas anderes schauen wollte und es täglich Diskussionen darüber gab, wer wann was wie lange schauen durfte, schien es eine passable Lösung. Als er die passenden Geräte gefunden hatte, dachte er, dass er seiner Tochter eigentlich auch mal Schmuck hätte schenken können. Etwas Persönliches. Dafür war es jetzt zu spät. Mal wieder. Die Ideen kamen ihm immer erst, wenn er schon beim Einkaufen war. Und das war grundsätzlich zu spät. Die Läden würden bald schließen. Er müsste einfach mal früher anfangen mit allem. Es war ja nicht so, dass man nicht wüsste, wann der 24. Dezember war, aber trotzdem: Weihnachten kam dann doch immer recht plötzlich.

Wenigstens stand der Baum schon im Wohnzimmer, wenn auch noch nicht geschmückt. Er würde nachher bei den Kindern klopfen, ob sie jetzt mit ihm den Baum schmücken wollten. Dieses Jahr hatte er irgendwie wenig Lust auf Weihnachten. Keiner von ihnen hatte offenbar dieses Jahr so richtig Lust auf Weihnachten. Es schien ihm gar nicht so lange her zu sein, da war es noch das Riesenereignis gewesen, gemeinsam den Baum zu schmücken. Schon Tage vorher hatten die Kinder ihn genervt. Wann schmücken wir den Baum, warum erst dann, warum nicht jetzt, och bitte Papa, komm bitte … Und jetzt war er es plötzlich, der nervte. Als er gestern gefragt hatte: Wann schmücken wir denn jetzt den Baum?, hatte er als Antwort ein desinteressiertes Achselzucken von Nina bekommen, während sie mit dem Telefon in ihrem Zimmer verschwunden war, und von Olli ein gleichgültig gebrummeltes »keine Ahnung«. Die zwei waren jetzt in einem Alter, in dem es anscheinend uncool war, sich auf Weihnachten zu freuen. Und Baum schmücken, das war in ihren Augen inzwischen wohl Kinderkram. Geschenke, okay, die würden sie sicher in Empfang nehmen. So weit ging die

Rebellion ja doch nicht. Aber der Rest … Ach, es war nicht so einfach im Moment.

Er schloss die Haustür auf und machte sich daran, die Treppen nach ganz oben zu steigen. Durch die Dachwohnung blieb er immer im Training. Er musste sich jetzt einfach daran gewöhnen, dass die beiden nicht mehr klein und bestimmte Rituale vorbei waren. Es war noch gar nicht lange her, dass Freunde darüber geklagt hatten, wie schwer es doch sei, wenn die Kinder flügge wurden, plötzlich hätten sie kein Interesse mehr an nichts, und du kriegtest keinen Zugang. Da hatte er noch weise Ratschläge gegeben. Er musste unwillkürlich grinsen. Übers Loslassen hatte er gepredigt. Und über Vertrauen. Und Raum geben. Kurze Zeit später hatte er selbst vor Ninas verschlossener Tür gestanden, an der unübersehbar ein Zettel prangte, auf dem mit fetten roten Buchstaben stand: Nicht stören! Genau wie jetzt auch. Er hörte, wie sie drinnen telefonierte. An Ollis Tür hing eines dieser Schilder, die man noch manchmal bei alten Metzgereien in der Tür hängen sah: Du musst leider draußen bleiben. Und dahinter wummerten Bässe, die er am Türrahmen leise nachklopfte wie Morsezeichen, um zu versuchen, sie zu deuten und vielleicht doch noch etwas von dem zu begreifen, was im Kopf seines Sohnes vorging. Du musst leider draußen bleiben. Wo er das bloß geklaut hatte? Plötzlich konnte er seine Eltern fast verstehen. Er erinnerte sich an das Jahr, als er Weihnachten die Stones aufgelegt hatte statt der Weihnachtsplatte der Wiener Sängerknaben, die sonst immer zur Bescherung zu laufen hatte, um in seinen löcherigen Jeans dazu Luftgitarre zu spielen, während seine Eltern im Festtagsstaat hilflos zusahen. Die Armen. Sie hatten es aber auch herausgefordert. Und er, würde er es herausfordern? Ach, nein, er verstand das Gefühl noch zu gut. Konnte sich noch zu gut daran erinnern. Gila hatte immer gesagt, er sei der Spaßpapa, selbst noch ein großes Kind. Peter Pan, hatte sie ihn genannt und gesagt, sie wolle keinen Jungen. Sie wolle einen Mann. Und seit die Kinder nun angefangen hatten, erwachsener zu werden, war sie nicht mehr mit ihnen klargekommen, und sie waren zu ihm gezogen. Männer mussten Männer sein und Kinder Kinder. Sonst kam Gila mit der Welt nicht klar. Weil er nicht ihrem Männerbild entsprach, wurde er ausgetauscht, weil die Kinder nicht mehr ihrem Kinderbild entsprachen, wurden sie zu ihm gegeben. Na ja. Das klang jetzt bitter, bitterer, als er eigentlich war. Gila war eben anstrengend mit ihren absoluten, unverrückbaren Ansichten, aber seit die zwei bei ihm lebten, konnte er sie auch ein bisschen verstehen. Zumindest, was die Kinder betraf. Auch wenn er das vor ihr niemals zugeben würde.

Er hob die Hand, hämmerte an Ollis Tür und trat in sein Zimmer. Olli lag in seinen Klamotten auf dem ungemachten Bett, wenigstens die Schuhe hatte er ausgezogen, und starrte an die Decke, während die Musik um ihn herum dröhnte. Ich sag nichts, dachte Michael, ich sag dazu gar nichts, ich bleibe ganz ruhig.

»Weihnachtsbaumschmücken?«, fragte er so laut, dass Olli es durch die Musik hindurch hören musste.

»Kein Bock«, antwortete Olli und drehte sich zur Wand.

Kein Bock. Okay. Michael verließ das Zimmer und ging zu Nina. Da war es ähnlich. Der Telefonhörer war an ihrem Ohr einfach festgeklebt.

»Och Papa, ich telefonier doch grade!«, rief sie

und wedelte ihn mit unwilligen Handbewegungen aus dem Zimmer.

Warum soll ich hier einen auf Weihnachten machen, dachte er, wenn keiner wirklich Lust drauf hat? Wer sagt eigentlich, dass ein Baum geschmückt sein muss?

Miriam wickelte das Lachsfilet aus dem Papier, um es in Wasser zu legen, bevor sie es marinierte. Es war ein schönes Stück, von feinen weißen Adern durchzogen, leuchtete es gleichmäßig rosa. Sie presste die Zitronen und Limetten aus, zerstieß im Mörser etwas Pfeffer und begann den frischen Estragon zu hacken. Zum Glück mochte Julchen Lachs, sodass sie ihre Weihnachtstradition beibehalten konnte. An Heiligabend hatten sie immer ein großes Filetstück gebacken, dessen Reste sie an den kommenden Tagen noch kalt zu Brot aßen. Das Stück war viel zu groß für sie beide allein. Sie würden tagelang davon essen. Ob sie sich daran je gewöhnen würde? Sie kaufte immer noch zu viel ein. Sie kaufte so ein, als ob ein anderer Erwachsener mitessen würde und nicht ein fünfjähriges Kind, das sowieso am liebsten Nudeln mochte und vom Fleisch oft nur einen Bissen probierte. Meistens kochte sie deshalb schon gar nicht mehr. Dabei hatte sie immer gerne gekocht. Aber nicht für einen alleine. Es musste doch noch jemand am gedeckten Tisch sitzen und »hmmm« sagen, wenn sie das Essen hinstellte, Lammkeule oder Cassoulet oder Fischcurry und all die anderen Gerichte, die Fünfjährige nun mal nicht lieben. Sollte sie ihr Glas von nun an immer an Gläser mit Apfelsaftschorle stoßen und nicht mehr Weinglas an Weinglas, was doch wesentlich vielversprechender klang, vor allem wenn man den weiteren Verlauf eines Abends bedachte?

Sie wäre gerne nicht alleine. Wenn jetzt eine Fee erschiene, wie im Märchen, um ihr zu sagen, irgendwann, liebe Miriam, irgendwann bist auch du wieder verliebt, irgendwann wird es an deiner Seite wieder einen Gefährten geben, mit dem du durchs Leben gehst, dann würde es ihr schon bedeutend besser gehen. Sie war einfach gerne zusammen. Verbunden mit einem anderen Menschen. Ein Mensch war doch keine Insel allein im weiten Meer. Ein Mensch brauchte doch andere Menschen.

Sie trocknete den Fisch ab, legte ihn in die Schale, in der sie die Marinade vorbereitet hatte, und sah zu, wie er sich im Zitronensaft langsam hell färbte. Vielleicht hätte sie das Lachsfilet überhaupt gar nicht erst kaufen sollen. Es würde traurig sein, es alleine zu essen. Doch die Aussicht, an Heiligabend kein Lachsfilet zu haben, war genauso traurig. Sie deckte die Schale ab und schob sie in den Kühlschrank.

Sie hatte alles alleine hinbekommen. Sie hatte die alte Wohnung aufgelöst, sie hatte den Umzug in die neue Wohnung bewältigt, hatte es für sich und Julchen gemütlich gemacht, sie hatte zum ersten Mal eine Bohrmaschine benutzt, sich um die Winterreifen gekümmert und den Ikea-Schrank selbst aufgebaut, sie hatte in der Nacht, als Julchen plötzlich so hohes Fieber bekam, alleine an ihrem Bett gesessen und mit niemandem ihre Sorgen geteilt. Sie hatte alles alleine hinbekommen.

Aber sie wollte es gar nicht alleine hinbekommen. Sie wollte so viel lieber Hand in Hand durchs Leben gehen.

»So, jetzt die Gegenrechnung«, sagte Herr Eberling zu seinem Haushaltsbuch. Marianne hatte sich immer geweigert, ein Haushaltsbuch zu führen, obwohl er schon zu Beginn ihrer Ehe mit Nachdruck darauf bestanden hatte. »Ich komme auch ohne Buch mit dem Geld zurecht. Das wirst du schon sehen«, hatte sie lächelnd gesagt, wenn er wieder einmal versuchte, sie von den Vorteilen genauer Buchführung zu überzeugen. Sie war sehr stur geblieben. Immer wenn sie dieses eine, gewisse Lächeln aufgesetzt hatte, war sie stur geblieben. Das Haushaltsbuch war nicht der einzige Anlass gewesen, bei dem sie ihm bewiesen hatte, wie stur sie sein konnte. Irgendwann danach hatte er dann selbst angefangen, ein Haushaltsbuch zu führen. Nicht gleich. Aber eines Abends, als er alleine am Tisch saß nach dem Essen, hatte er damit angefangen. Erst waren es einzelne Zettel gewesen. Dann hatte er ein Heft gekauft, und am nächsten Monatsersten hatte er mit den Aufzeichnungen begonnen. Es war für ihn fast so etwas wie ein Tagebuch geworden. Ein Gespräch, das er am Abend mit sich führte. Er murmelte vor sich hin, was er am Tag gemacht und wofür er Geld ausgegeben hatte. Wann immer er bei der Bank Geld abhob, schrieb er den Betrag in das Heft und unterstrich ihn. Täglich notierte er darunter auf den kleinkarierten Seiten des Rechenheftes, das er Haushaltsbuch nannte, seine Ausgaben.

Dosenmilch	0,65
Schnittbrot	1,19
Heringssalat	2,29
Königsberger Klopse	2,99
Bohneneintopf	1,99
Äpfel	1,29

Dann zählte er das Geld, das sich in seinem Portemonnaie befand, bis auf den Cent genau ab, addierte seine Ausgaben und prüfte so, ob die Rechnung stimmte. Heute stimmte etwas nicht. Er begann noch einmal von vorne und kam zu dem gleichen Ergebnis. Bestimmt hatten sie ihm an der Kasse falsch herausgegeben, und er hatte es nicht bemerkt, weil dieses ungezogene Kind ihn abgelenkt hatte. Wenn er sich ärgerte, passierte ihm das manchmal. Dieser schreckliche Bengel. Und diese Mutter. Hatte ihr Kind einfach nicht im Griff. Und ihm fehlte jetzt Geld. 1,15, um genau zu sein. 1,15. Rot notierte er die Zahl am Rand des Heftes. Er hasste es, wenn er das tun musste. Er wünschte sich, dass es ihm einmal gelingen würde, ein ganzes Haushaltsbuch ohne eine einzige rote Zahl am Rand zu führen. 1,15, dachte er, wegen dieses Bengels. Und dann kam ihm diese Zahl plötzlich so bekannt vor, und dann fiel ihm ein, was ihm an dieser Zahl vertraut war. 1,15, das war der Preis, der auf der Tageszeitung stand, die er sich am Nachmittag gekauft hatte. Ärgerlich strich er die roten Ziffern, die nun den Rand seines Heftes verunstalteten, mit seinem blauen Kugelschreiber mit einer geraden Linie durch. Am liebsten hätte er die Seite herausgerissen. Er hasste Unordnung. Er hasste es, wenn etwas durcheinanderkam, was sich auch ordentlich nach Plan durchführen ließ. Es ärgerte ihn unglaublich. Aber wenigstens fehlte ihm das Geld nicht.

Gregor stand seufzend vom Schreibtisch auf und ging in die Küche, um sich einen Tee zu kochen. Irgendwie kam er mit der Predigt nicht richtig voran. Weihnachten, Geschenke, Liebe, Gott hat uns Sohn geschenkt, Zeichen seiner Liebe. Geschenke, Gaben, Freude. Ach, das hatte er selbst schon so oft gesagt und sagen hören, er wollte so gerne einmal etwas anderes sagen. An Weihnachten kamen immer auch diejenigen in die Kirche, die sonst nie kamen. Er wollte alle erreichen. Er wollte etwas erzählen, was alle mitnehmen konnten. Was für jeden an Weihnachten etwas bedeuten konnte. Denen, die jede Woche kamen, und denen, die nur einmal im Jahr kamen. Das Wasser kochte, und er goss sich einen Tee auf. Was war das, Kaminfeuer, Rooibostee mit weihnachtlichen Gewürzen. Lecker. Den hatte ihm eine der Damen aus dem Gemeinderat geschenkt. Zusammen mit einem selbst gebackenen Früchtebrot. Er schnitt sich noch ein Stück davon ab und biss hinein. Weihnachten, heilige Nacht, Christus, Heiland, Retter, *O du fröhliche.* Er nahm die Kanne mit dem Tee und ging zurück in sein Arbeitszimmer. Das Haus war eigentlich viel zu groß für ihn. Als er die Pfarrstelle übernahm, hatte er dafür plädiert, das Haus doch zu vermieten und ihn in eine kleine Wohnung irgendwo im Viertel ziehen zu lassen. Was sollte ein alleinstehender Mann mit einem nicht gerade ausschweifenden Privatleben in einem Haus mit sechs Zimmern? Aber der Gemeinderat hatte sich gesträubt. Das Haus war der Gemeinde vor Jahrzehnten vererbt worden, mit der Auflage, es immerdar als Pfarrhaus zu nutzen. Meist hatten wir auch Pfarrer mit Familie, hatten die Damen im Gemeinderat mit einem bedauernden Lächeln gesagt und gleich nachgesetzt: Aber was nicht ist, kann ja noch werden. Sie sind ja noch jung. Das hatte er schon öfter gehört. Dahinter stand immer, Sie sind ja noch viel zu jung für einen Pfarrer. Zumindest glaubte er die Vorbehalte herauszuhören. Sein Vorgänger war erst mit 72 gegangen. Da war es für die meisten in der Gemeinde ein Schock gewesen, als sie ihn sahen, gerade mal halb so alt und auch noch neu in der Stadt. Vor allem in den älteren Gesichtern konnte er den Zweifel deutlich lesen. Was konnte ein so junger Pfarrer ihnen wohl geben? Er war so alt wie ihre Kinder oder sogar noch jünger. Man traute es ihm noch nicht wirklich zu, für die Gemeinde sorgen zu können. Na ja, es war klar gewesen, dass der Anfang schwer sein würde. Wenn er in der Kirche stand, hatte er manchmal das Gefühl, er würde sich am liebsten mit den anderen in eine

Bank setzen und einfach nur zuhören. Nicht selbst predigen. Andererseits liebte er die Arbeit in der Gemeinde. Er besuchte die Alten und redete mit ihnen, und sie lernten ihn kennen und wurden zugänglicher, er erreichte seit Langem wieder die Jungen, über seine Konfirmandengruppe wurde über das Viertel hinaus geredet, und zu seinen Kinder- und Jugendgottesdiensten kamen Leute aus der ganzen Stadt, weil es sich schnell herumgesprochen hatte, dass er das gut machte. Nur wenn ihm das Misstrauen der Alten entgegenschlug, dann fühlte er sich unwohl. Wenn er die unwilligen Kopfbewegungen sah, weil er nicht auf die Kanzel ging, sondern von unten las und predigte, weil er lieber von Mensch zu Mensch sprechen wollte und nicht von oben herab in dem Tonfall, der ihm selbst an allen Pfarrern, denen er zugehört hatte, immer auf die Nerven gegangen war, sondern mit seiner ganz normalen Stimme. Erzählen, wie man eben erzählt. Sprechen, wie man eben spricht. Aber er fand es schwierig, das durchzuhalten, wenn man ihn nicht bestärkte. Das würde er lernen müssen. Das Durchhalten. Auch gegen die Vorbehalte. Auch wenn es schwer war. Was war schon leicht?

Aber dieses leere Pfarrhaus machte es ihm wahrhaftig nicht leichter.

Dabei war es ein hübsches Haus, gleich neben der Kirche, mit grünen Klappläden und einem Garten. Er wohnte im Parterre, den ersten Stock, wo sich klassischerweise Schlaf- und Kinderzimmer befanden, benutzte er gar nicht. Bisher hatte er immer in Zwei-Zimmer-Wohnungen gelebt, er hatte nicht genug Möbel, um ein ganzes Haus einzurichten. Wenn er Familie hätte, dann wäre das Haus wunderbar. Vielleicht würde es die Familie dazu ja irgendwann einmal geben. Er hätte gerne eine Familie. Kinder. Eine Frau. Jemanden an seiner Seite. Aber er hatte das Gefühl, dass er es als Pfarrer da doppelt schwer hatte. Frauen waren komisch, wenn sie erfuhren, dass er Pfarrer war. Entweder sie wurden plötzlich selbst ganz heilig, weil sie das Gefühl hatten, Gott ganz nahe zu sein, oder sie ergriffen schnell die Flucht. Beides war einer Beziehung nicht unbedingt förderlich. Er nahm sich die Streichhölzer und zündete die Kerzen am Adventskranz an. Den hatten die Damen für ihn gemacht, die immer die Kirche schmückten. Die hatten alle bereits ihre Familien. Er goss sich den duftenden

Tee in die Tasse und schaute in die Kerzenflammen.

Licht, Familie, Liebe, Weihnachten, Verheißung.

Licht.

Hoffnung.

Licht ins Dunkel.

Licht.

Abends lag Julchen im Bett und betete. Sie wusste nicht genau zu wem. Zum Christkind? Zum Weihnachtsmann? Zum lieben Gott? War der liebe Gott eigentlich der Weihnachtsmann, der jetzt zur Erde kam, um die Kinder zu beschenken? Oder war es das Christkind? Dann war das ja Jesus, oder? Aber das Christkind war doch ein Mädchen? Ein Engelchen mit blonden Locken. Und Jesus war ein Junge. Der war der Sohn vom lieben Gott. Und Flügel hatte der auch nicht. Morgen war Weihnachten, und die Mama hatte wieder geweint. Das hatte sie genau gesehen. Sie hatte nur so getan, als hätte sie es nicht gesehen. Sie wollte nicht, dass die Mama weinte. Es war schon schlimm genug, dass der Papa weg war.

Einfach weg war er. Und dann waren sie in die neue Wohnung gezogen, und jetzt war Weihnachten. Ohne Papa. Und bestimmt weinte die Mama dann wieder. Lieber Gott und liebes Christkind, sagte Julchen, seid mir nicht böse, wenn ich den falschen meine, vielleicht könnt ihr mir zusammen helfen. Bitte macht, dass die Mama nicht mehr traurig ist und dass wir ein schönes Weihnachten haben. Nur die Mama und ich, das ist doch zu wenig für Weihnachten. Dann ist es so still unterm Weihnachtsbaum. Wir müssten schon zu dritt sein. Mindestens. Ich würde dafür auch meine Baby Born einem armen Mädchen schenken. Einem ganz armen Mädchen. Oder doch lieber nicht. Denn ich bin ja ihre Mama, und sie hat mich lieb. Die würde ja weinen, wenn sie mich nicht mehr hätte. Und die Mama würde bestimmt noch mehr weinen, wenn die Baby Born auch noch weg ist. Bitte hilf mir einfach so.

»Wie, Weihnachten fällt aus?« Ratlos schaute Achim seine Frau an, die noch immer im Schlafanzug am Frühstückstisch saß und Zeitung las.

Er hatte schon den Baum aufgestellt und Frühstück gemacht. Er hatte schon die Jacke und die Schuhe angezogen, um zum Waldhof zu fahren und die Gans zu holen. Bestimmt war sie noch da. Bestimmt würde auch Waltraud jetzt gleich aufhören mit dem Schmollen und in die übliche Geschäftigkeit ausbrechen, die einfach zum Morgen vor Weihnachten gehörte. Diese Geschäftigkeit, die ihn manchmal so nervte, weil Waltraud niemals still sitzen konnte. Zum Beispiel, um einmal in Ruhe mit ihm Zeitung zu lesen.

Heute saß sie still und las Zeitung. Sie war ganz und gar nicht geschäftig. Sie war die Ruhe selbst. Und das war noch viel schlimmer.

Er hatte ja nur wissen wollen, ob sie schon anfangen würde, den Baum zu schmücken, während er weg war, oder ob sie erst noch in der Küche zu tun hatte und sie den Baum dann später zusammen schmücken würden. Wegen der Leiter. Eigentlich hatte er nur wegen der Leiter gefragt. Ob er die schon mal für sie aufstellen sollte.

Sie hatte noch nicht einmal die Zeitung sinken lassen, sondern hinter den Seiten so etwas gemurmelt wie »Weder noch«. Sie hatte keinerlei Anstalten gemacht, sich zu bewegen. Er hatte noch ein, zwei Mal nachgefragt, und dann diese Antwort: »Weihnachten fällt aus.«

»Ach, Waldi«, seufzte er und setzte sich der trotzig hochgehaltenen Zeitung gegenüber. »Ich habe die Gans vergessen. Das war dumm. Aber jetzt fahre ich los und hole eine, und du legst solange die Füße hoch und machst es dir gemütlich. Und wenn ich wieder da bin, helfe ich dir mit allem. Du wirst sehen, es wird richtig schön werden. Wie immer.«

»Mach, was du willst«, kam es knapp hinter der Zeitung hervor, und dann war Stille. Achim wartete noch einen kleinen Moment, dann ging er in den Flur, nahm die Autoschlüssel und rief ein bemüht freundliches »Bis gleich« in Richtung Küche. Er wartete noch einen weiteren Moment, ob eine Antwort kam. Doch er hatte es schon geahnt: Es blieb still in der Küche. Sehr still. Vielleicht hatte sich Waltraud wieder beruhigt, wenn er zurück war.

Die Haustür knarrte, als er hinaustrat, die Luft war kühl und feucht und roch nach Winter. Alle liefen geschäftig und schneller als sonst durch die Straßen. Vor Heiligabend hatte jeder mehr als genug zu tun. Die Schlange beim Bäcker ging bis auf die Straße. Ob sie auch Brot vorbestellt hatten, das abgeholt werden musste? Er wusste gar nicht, wie viel Brot sie brauchten. Vielleicht sollte er sich nachher vorsichtshalber auch einmal anstellen und nachfragen.

Die Warteschlange am Waldhof war doppelt so lang wie die Schlange, die er gerade beim Bäcker in ihrer Straße gesehen hatte. Es ging nur sehr langsam voran. Er wurde immer ungeduldiger, und je näher er der Theke kam, desto mehr Angst bekam er, dass die Gans am Ende doch schon verkauft war.

Die Frau, die ein Stück vor ihm in der Schlange gewartet hatte, kam endlich dran, sie war schon in Hörweite.

»Ich hatte vorbestellt. Für Naumann.«

»Bis wann hatten Sie denn vorbestellt?«, wollte die Verkäuferin wissen, nachdem sie eine ganze Weile später mit leeren Händen aus dem Kühlraum wiederaufgetaucht war.

»Bis gestern Mittag«, antwortete die Kundin etwas kleinlaut.

Sein Herz sank. Oje. Wahrscheinlich hatte

Waltraud doch recht gehabt. Natürlich war sie weg. Natürlich waren die Leute hier froh, wenn sie vor Weihnachten alle nicht abgeholten Gänse noch loswurden. Die Gans war weg. Wo sollte er jetzt eine Gans herbekommen? Sie durfte auf keinen Fall tiefgefroren sein. Waldi hielt ja nicht viel von tiefgefrorenen Gänsen. Ob sie im Supermarkt frische Gänse hatten? Wo könnte er bloß noch hingehen, wo könnte er noch eine finden?

»Henning«, sagte er mutlos, als er endlich an der Reihe war. »Die Gans.«

Es dauerte eine kleine Ewigkeit, bis die Verkäuferin aus dem Kühlraum zurückkam.

»Da haben Sie aber Glück, dass so viel los ist«, strahlte sie, als sie ihm die Gans verpackte. »Heute Morgen hatte noch keiner Zeit zum Umräumen, sonst wäre sie schon längst hier in der Theke gelandet.«

Ihm fiel ein Stein vom Herzen, als er die schwere Tüte in die Hand nahm. Er hatte die Gans! Weihnachten war gerettet. Bestimmt hatte Waldi sich inzwischen beruhigt und wäre ganz versöhnt, wenn er nun mit ihrer Gans nach Hause kam. Sie würden beide so geschäftig sein wie immer an Heiligabend. So geschäftig wie alle anderen auch. »Frohe Weihnachten!«, rief er fröhlich, als er den Laden verließ. »Frohe Weihnachten!«

Nick und Isabell saßen schweigend am Frühstückstisch. Sie hatten diese Art distanzierter Höflichkeit miteinander, die nach einem Streit besonders wehtut, weil plötzlich ein Vertrauen erschüttert ist. Weil man sich plötzlich so benimmt, als säße man einem ziemlich fremden Menschen gegenüber. Viel fremder als der allerliebste, glücklich machende Mensch, der er doch eben gerade noch war. Und allein diesen Unterschied zu spüren tat schon so weh, dass Isabell wieder die Tränen in die Augen schossen. Verdammt noch mal, konnte dieser Stoffel sie nicht einfach mal in den Arm nehmen? Sie nahm die rote Serviette, die sie extra für Weihnachten besorgt hatte, und schnäuzte hinein.

Nick sah weg. Das konnte er gar nicht gut aushalten. Dass seine Liebste weinte. Und dann noch wegen ihm. Dabei konnte er doch gar nichts dafür. Er war ja wohl nicht zu doof, den Baum aufzustellen. Und darauf lief es ja eigentlich hinaus. Der blöde Baum, den er sowieso nie gewollt hatte, hatte so viel gekürzt werden müssen, dass Isabell ihn nicht mehr schön fand. Sie fand ihn nicht mehr »wohlproportioniert« und war enttäuscht, weil sie sich den Baum ganz anders vorgestellt hatte.

Also hatte er noch ein paar Äste unten abgesägt, damit ihr Weihnachtsbaum wieder »wohlproportioniert« aussah. Was für ein Wort. Er würde auf so ein Wort nie kommen, geschweige denn, es freiwillig in den Mund nehmen. Na ja, manchmal war sie eben ein bisschen gestelzt. Wie ihre Eltern. Da musste auch immer alles perfekt sein und gestriegelt und wohlproportioniert. Das Ergebnis seiner Sägerei war wirklich nicht besonders toll gewesen. Er hatte gedacht, er könnte es besser hinbekommen. Hatte eben nicht geklappt. Das gab er durchaus zu. Vielleicht nicht direkt ihr gegenüber, aber es stimmte. Dieser gekürzte Baum sah alles andere als proportioniert oder wohl aus. Bemitleidenswert, das war das Wort, was die Sache wesentlich besser traf. Aber er hatte es gut gemeint. Und den Engel hatte er wirklich nicht mit Absicht kaputtgemacht. Isabell war stinksauer geworden und hatte ihm vorgeworfen, er würde ihr erstes Weihnachten zerstören. Erst den Baum, dann den Schmuck, dann sie. Mit Absicht. Dann war sie heulend ins Bett gegangen, und er hatte seinen Kumpel angerufen und war mit ihm um die Häuser gezogen. Das hatte er sowieso viel zu selten gemacht in letzter Zeit. Aber wirklich gut gefühlt hatte er sich dabei nicht. Als er zurückkam, schlief sie schon. Er hätte sie gerne in den Arm genommen und sich mit ihr versöhnt, aber er hatte sich nicht getraut, sie aufzuwecken.

»Willst du noch Kaffee?«, fragte er.

Heulende Frauen waren schrecklich. Vielleicht half ja der heiße Kaffee. Er würde ihr die Milch schön aufschäumen, so wie sie es gerne hatte. Damit sie diesen süßen Milchbart bekam beim Trinken. Den könnte er ihr dann wegküssen, und sie würden sich wieder versöhnen.

Aber sie schüttelte stumm den Kopf.

Kaffee, dachte sie. Kaffee, du Idiot, ich will doch keinen Kaffee. Ich will, dass du mich in den Arm nimmst. Nimm mich jetzt in den Arm und küss mir die Tränen aus dem Gesicht und sag mir, dass du mich liebst, dachte sie. Geh nicht weg, dachte sie, sag mir, dass alles gut ist, und küss mich.

»Dann eben nicht«, brummte er, stand auf und verließ die Küche.

Isabell schluchzte noch ein bisschen in ihre rote Serviette und machte sich dann frischen Kaffee, weil sie dachte, der würde ihr jetzt vielleicht guttun.

Sabrina war fast fertig mit aufräumen. Nicht, dass es besonders unordentlich gewesen wäre, aber sie hatte es eben gern nett, und besonders an Weihnachten. Vielleicht käme ja auch Besuch vorbei. Dann war es immer besser, wenn man aufgeräumt hatte. Sie straffte den Stoff der Hussen, die sie über ihre Esszimmerstühle gezogen hatte, und band die Schleifen neu, die den Stoff an den Rücken der Lehnen zusammenhielten. Sie gab neue Kerzen in alle Kerzenständer und änderte die Anordnung der Dekoration auf der Fensterbank. Sie legte einen neuen Tischläufer auf ihren Esstisch und suchte nach den passenden Servietten, die sie auf der Kommode neben dem Esstisch bereitlegte. So war es perfekt.

Sie füllte den Plätzchenteller neu mit allem, was sie gebacken hatte. Die Süßen Augen, die sie mit dem Johannisbeergelee in der Mitte anfunkelten, die Kokosmakronen, die genau richtig geworden waren dieses Jahr, ganz weich, nur gerade außen so ganz leicht knusprig, die Vanillekipferl, die herrlich mürbe waren und fast zerschmolzen auf der Zunge, na ja, es war ja auch wirklich genug Butter drin. Und echte Vanille. Das war einfach ein Unterschied. Sie ertappte sich dabei, dass sie schon das dritte Kipferl in den Mund schob, während sie den Teller dekorierte. Jetzt noch die Zimtsterne und die kleinen Schokonussgebirge, aus gerösteten Nüssen und Mandeln, die sie erst in goldenen Karamell und dann in feinste Zartbitter-Schokolade getaucht hatte. Vielleicht würde ja mal jemand vorbeikommen über die Feiertage, es würde klingeln, und dann würde sie sagen, oh, komm doch rein, und dann könnten sie zusammen alle Plätzchen durchprobieren und lachen. In den Fernsehserien, die sie gerne sah, klingelte es immer an der Tür, und irgendwelche Freunde kamen völlig unerwartet. Und oft auch völlig ungelegen. Die meisten Frauen im Fernsehen hatten nie etwas im Kühlschrank. Ihr eigener Kühlschrank war dagegen immer gut gefüllt, sie kochte und backte, und oft nahm sie dann Essen mit ins Büro, damit es nicht verkam. Es klingelte so selten bei ihr. Dabei könnte sie immer viele unerwartete Gäste verköstigen. Sie sah auf die Uhr. Es war zwar noch Zeit bis zur Chorprobe, aber sie konnte sich ja schon mal ihre Kleider zurechtlegen, dachte sie. Am besten gleich anprobieren. Sie schob sich noch ein Schokomandelhäufchen zwischen die Lippen. Anprobieren, damit auch nichts schiefging in letzter Minute. Sie musste ja gut angezogen sein heute. Sie würde ihm heute das Geschenk geben. O mein Gott! Das Herz schlug ihr schon beim bloßen Gedanken daran bis zum Hals! Ihr eigener Engel stand neben ihrem Bett auf dem Nachttisch. Der Zwillingsengel aus dem gleichen Holz befand sich – in rotes Seidenpapier gehüllt und mit einer dunkelroten Schleife verbunden – auf dem Wohnzimmertisch, wo sie ihn gestern Abend noch verpackt hatte. Mehrmals, wenn sie ehrlich war. Es hatte ihr nie gefallen. Die Goldfolie hatte so protzig gewirkt, das blaue Papier war wiederum so fest, dass sich damit nur Bücher oder andere eckige Gegenstände verpacken ließen, und die Engelsflügel hatten sich gleich durch das steife Papier gebohrt, als ob sie ein Eigenleben hätten.

Mit dem roten Papier war sie zufrieden. Es sah schön aus. Geschmackvoll, aber nicht protzig, sie fand, dass man neugierig wurde, wenn man es sah. Und wenn er es auspackte, würde sie ihn einladen, einmal bei ihr vorbeizukommen, sie würde erwähnen, dass sie gerne Besuch bekäme an den Feiertagen, und ihm deutlich machen, dass er nicht stören würde, dass sie nicht zu den Leuten gehörte, die sich an Weihnachten abschotteten, weil sie das Fest nur im engen Familienkreis feierten. Sie würde ihm ein Zeichen geben.

Vor dem Kleiderschrank seufzte sie. Gut, die Auswahl war schon recht eingeschränkt heute Abend, schließlich musste sie schwarz-weiß erscheinen, der Chor sang immer in Schwarz-Weiß. Trotzdem, sie hatte einiges zum Kombinieren, und sie wollte hübsch aussehen. Hübsch, hübsch, hübsch, hörte sie ihre innere Stimme raunen. Du und hübsch. Ach verdammt. So hübsch es eben geht, sagte sie laut und nahm drei Blusen aus dem Schrank. Mit ihrer Frisur musste sie dringend noch etwas unternehmen. Hochstecken? Das sah so elegant aus. Offen lassen? Das machte sie so jung. Vielleicht offen lassen mit den Spangen an der Seite. Das würde sie gleich probieren. Jetzt musste sie erst einmal entscheiden, welche Bluse es sein sollte. Sie hielt sich die erste vor den Oberkörper. Ach nein, bei der war der Stehkragen so eng, das war ungemütlich beim Singen. Dann doch die andere? Die war so durchsichtig. Das sah doof aus. Na ja, nicht bei allen, aber bei ihr schon. Dann die dritte. Die war ziemlich schmal geschnitten, und Sabrina fand, dass sie streckte. Ja, die war gut, nicht zu durchsichtig, nicht zu kurz, nicht zu lang. Und dazu den schwarzen, schmalen Rock, der fast bis zum Knöchel ging. Perfekt. Sie wollte sie kurz überziehen, um zu kontrollieren, dass sie inzwischen auch nirgends spannte, öffnete die Knöpfe und schrie auf. An der Knopfleiste gleich oben prangte ein dicker Schokoladenfleck. Sie schaute auf ihre Hände. Die Schokonussgebirge. Was für ein Mist. Sie lief schnell ins Bad und versuchte den Fleck herauszuwaschen, doch das machte es nur noch schlimmer. Der Fleck verschmierte und dehnte sich aus. Vielleicht wurde er etwas heller, so ein unappetitliches Hellbraun, das auch nicht wirklich weiterhalf. Die Bluse war hin. Zumindest für diesen Abend. Entmutigt ließ sie die Bluse fallen, setzte sich auf den Toilettendeckel und lehnte den Kopf ans Waschbecken. So ist das eben, wenn du dich mal hübsch machen willst, sagte sie sich, es klappt einfach nicht.

Als das Telefon klingelte, richtete sie sich auf und ging ins Wohnzimmer, wo das Telefon immer auf einem kleinen Tischchen neben der Tür lag, damit sie es gleich fand.

»Wir wollten dir frohe Weihnachten wünschen, Klößchen!« Die Stimme ihres Vaters drang gut gelaunt an ihr Ohr. Klößchen. Konnte er sie nicht beim Namen nennen? Warum hatte sie überhaupt einen, wenn er sie doch immer nur Klößchen nannte.

»Prima«, sagte sie ins Telefon und versuchte zu lächeln, weil sie gelesen hatte, dass man überzeugender klingt, wenn man beim Telefonieren lächelt.

»Feierst du schön heute Abend?«, fragte er.

»Klar«, sagte sie und zog die Mundwinkel nach oben. »Nachher ist Chorprobe, und dann singen wir in der Vesper, und dann feiern wir alle zusammen mit dem Chor Weihnachten!« Es stimmte zumindest ein bisschen. Sie trafen sich immer noch nach der Christmette in der Sakristei auf ein Glas Wein und stießen zusammen auf

Weihnachten an. Aber sie hatte das für ihre Eltern etwas ausgeschmückt. Sie sollten nicht wissen, dass sie alleine sein würde zwischen den Choreinsätzen. Aber vielleicht wäre sie auch gar nicht alleine. Vielleicht würde jemand mitkommen. Vielleicht würde er mitkommen, weil der Engel ihn zu ihr führte. Sie konnte nicht nach Hause zu ihren Eltern.

»Vati«, hörte sie die Mutter im Hintergrund raunen, »du sollst nicht Klößchen sagen, das mag sie doch nicht.«

»Hast du denn was Hübsches zum Anziehen für deinen großen Abend?«, fragte die Mutter sie später, als Sabrina mit ihr sprach. »Wenigstens könnt ihr Schwarz anziehen, das streckt ja immer so ein bisschen.« Danke Mama, dachte Sabrina. Danke Mama und danke Papa, dass ihr mir so Mut macht. Danke, sagte sie laut, als sie vor den Spiegel trat und sich betrachtete, in der durchsichtigen Bluse, unter der man genau sah, wie die Speckröllchen über den Rockbund quollen. Niemals würde sie die anziehen. Dann schon lieber die Ungemütliche mit dem steifen Stehkragen. Obwohl die auch ein bisschen spannte um die Hüften. Sie hatte einfach nichts anzuziehen. Sie würde überhaupt nicht in die Kirche gehen. Sie sah in allem, was sie im Schrank hatte, bescheuert aus. Wie ein Kloß. Wie ein fetter runder Kloß. Papa war ja noch nett, wenn er Klößchen sagte. Das klang richtig süß. So süß war sie gar nicht. Sie passte nicht in Blusen. Was an anderen Frauen toll wirkte, sah an ihr grauenhaft aus. Wie eine Pellwurst kam sie daher. Deswegen hatte sie ja auch keinen Mann. Wer wollte schon einen Kloß küssen. Wer würde sich jemals in einen Kloß verlieben. Mit Speckröllchen über dem Rockbund. Sie tat sich so leid. Sie würde nicht mitsingen. Sie würde gar nicht hingehen. Sie würde sich jetzt hier aufs Sofa legen und nicht mehr aufstehen. Nie mehr.

»Und was willst du den Kindern sagen?« Achim starrte seine Frau fassungslos an. »Nur weil ich gestern vergessen habe, das Tier abzuholen? Heute ist es da. Hier!«

Er knallte die Gans in der durchsichtigen Tüte, in der sie steckte, vor Waltraud auf den Tisch. Bleich und groß lag die Gans zwischen ihnen. Sie starrten beide auf das Tier.

Es hat Gänsehaut, dachte er. Es sieht aus wie ich, wenn ich friere. Er war kurz davor zu lachen, aber irgendwie versickerte sein Lachen auf halbem Wege. Das war absurd. Was war nur mit Waldi los? Er hatte gedacht, die Wechseljahre wären mittlerweile vorbei und die Launen, die damit einhergegangen waren, auch. Waltraud starrte angestrengt aus dem Fenster. Was gab es da denn jetzt zu sehen? Was war nur los mit ihr? Bald würden die Kinder kommen. Na gut. Wenn Waltraud meinte, sie müsste streiken, dann würde er sich eben um Weihnachten kümmern. Es war ja noch ein bisschen Zeit. Kochbücher hatten sie einige. Lesen konnte er schließlich auch. Und während die Gans im Ofen briet, könnte er den Baum schmücken. Das konnte ja wohl alles nicht so schwierig sein. »Dann mach ich dieses Jahr Weihnachten!«, sagte er entschlossen und ging zu dem Regal, in dem die Kochbücher standen. Gänsebraten, Rotkohl und Klöße. Das müsste er doch eigentlich hinkriegen.

Waltraud sah ihn stirnrunzelnd an. »Bring mir nur nicht alles durcheinander.« Dann seufzte sie. »Mach doch, was du willst. Ich gehe in die Badewanne.«

Ein italienisches Kochbuch. Ein französisches, ein Dessertbuch. Desserts. Sollte er sich darum auch kümmern? Ach was, es gab ja genug Plätzchen. Er musste es ja nicht gleich übertreiben. Irgendwie fing das Ganze an, ihm Spaß zu machen. Er sah sich schon am Herd stehen, wie die Fernsehköche, und gekonnt die Saucen abschmecken. Saucen. Das war ja bestimmt schwierig. Saucen. Da machten sie doch alle so ein Geheimnis drum. Aber das müsste doch eigentlich auch in Kochbüchern stehen, wie man die Sauce dazu machte, oder? Nur in welchem Kochbuch? In Waldis Kochbüchern konnte man die Küche von halb Europa kennenlernen und Suppen und Pasta und schnelle und leichte Gerichte, aber wo waren die Rezepte für Weihnachten? Die Rezepte für Waldis Gänsebraten mit Rotkraut und Klößen?

Waltraud ließ sich Badewasser ein und gab ein Duftschaumbad dazu. Das hatte Sanne ihr mal geschenkt. Bestimmt war das schon drei Jahre her. Da hatte sie noch gedacht, sie würde niemals darin baden. Sie war nicht so der Typ zum Baden. Sie stieg lieber schnell in die Dusche. Das war so viel praktischer. Sanne hatte sie in den Arm genommen und gesagt: »Ach, Mams, es kommt der Tag, da wirst selbst *du* mal Entspannung brauchen. Und dann denkst du an mich und freust dich, dass du so ein schönes Schaumbad hast. Das wird ja nicht schlecht! Das wartet einfach auf dich!« Nun war es so weit. Nun war der Tag da, und sie würde entspannt in Schaum baden, genau so, wie sie es sich vorstellte, während Achim in der Küche hantierte. Sollte Achim es doch mal versuchen. Sollte er doch mal eine Gans machen. Sie musste fast ein bisschen grinsen. War das jetzt gemein von ihr? So ein ganzes Gänseessen, mit Klößen und Maronen und dem Rotkraut. Sollte er doch ruhig mal sehen, dass das alles nicht so einfach war. Dann war noch der Baum zu schmücken, und die Bescherung war vorzubereiten. Bestimmt dachte er nicht daran, den Sekt rechtzeitig kalt zu stellen. Oder das Weihnachtsglöckchen zurechtzulegen. Oder die Engel richtig hinzuhängen. Die mit den kaputten Flügeln nach hinten. Die waren aber auch immer empfindlich, diese Flügel. Hoffentlich war nicht noch einer kaputtgegangen. Sie passte ja immer gut auf, wenn sie die Engel für den langen Jahresschlaf verpackte. Aber trotzdem ging immer wieder mal etwas zu Bruch. Der Duft breitete sich im Bad aus, es roch gut, nach Orange und Vanille und ein bisschen blumig. Es roch nach Luxus. Sie streckte eine Zehenspitze ins Wasser. Die Temperatur war genau richtig. Langsam stieg sie in die Wanne und senkte sich in das warme, duftende Wasser.

Na, das würde eine schöne Katastrophe werden, wenn Achim eine Gans zubereiten wollte. Hoffentlich musste man hinterher nicht die Küche renovieren. Sie tauchte bis zum Hals in den Schaum und streckte die Fußspitzen aus dem Wasser. Sie könnte sich mal wieder die Zehen lackieren. Das machte sie eigentlich nur im Sommer, wenn sie offene Schuhe trug. Warum nicht, dachte sie. Auf was für Ideen man kommt, wenn man Zeit hat! Wenigstens würde ihr dieses Jahr keiner sagen, sie solle sich endlich mal hinsetzen, es nerve ja furchtbar, wenn sie so pausenlos um alle herumsprang. Sie würde ganz gemütlich im Sessel sitzen. So wie sie jetzt ganz gemütlich in der Badewanne saß. War das nicht die Klingel? Ob das schon die Kinder waren? Und sie lag in der Wanne – na, und wenn schon. Sie war ja im Streik. Und nur weil die Kinder kamen, wurde sie doch nicht gleich zum Streikbrecher! Außerdem war es viel zu früh. Die kamen immer erst auf den letzten Drücker. Eigentlich war das unverschämt, bei all der Mühe, die sie sich immer gab. Gegeben hatte. Egal! Dieses Jahr war es jedenfalls egal. Egal, egal, egal. Sie würde in der Wanne liegen bleiben, bis sie schrumpelig war.

Isabell versuchte zu lächeln, als Achim Henning die Tür öffnete. »Tut mir leid, ich hätte sie Ihnen auch in den Keller zurückgebracht, aber ich wollte sie nicht einfach vor die Kellertür stellen. Vielen Dank jedenfalls!«, sagte sie und hoffte, dass ihr Lächeln nicht allzu schief ausfiel und er ihre roten Augen nicht bemerkte.

»Kommen Sie doch rein!«, rief er und riss die Tür weit auf. Er schien sich zu freuen, sie zu sehen, er wollte unbedingt, dass sie hereinkam. Zögernd trat sie einen Schritt näher. Alles war so seltsam heute. »Kommen Sie!«, rief er. »Erzählen Sie mir, wie es geklappt hat! Steht der Baum?«

»Ja. Danke noch mal«, stammelte sie. Sie würde ihm bestimmt nicht erzählen, in was für einem Desaster das alles geendet hatte. Sie würde ihm nicht erzählen, dass sie jetzt eigentlich gar keinen Baum mehr hatten und dass sie nicht wusste, ob sie vielleicht doch lieber noch nach Hause fahren sollte, zu ihren Eltern. Nick war seit einer Stunde weg, und sie hatte keine Ahnung, wo er war. Das konnte sie ihm doch nicht erzählen. Das würde ihn nur enttäuschen. Er war so nett gewesen gestern. Und heute schon wieder. Sie spürte, wie ihr beinahe die Tränen kamen. Dieser Mann war viel zu nett. Bestimmt war es schön, mit so einem netten Ehemann Weihnachten vorzubereiten. Frau Henning hatte es gut. Sie wollte eigentlich gleich gehen, aber er winkte sie in die Küche, und schon hatte sie ein Glas in der Hand. Das Licht ließ die Flüssigkeit darin dunkelrot funkeln. »Portwein«, sagte er. »Frohe Weihnachten. Na ja, ist noch ein bisschen früh dafür. Frohe Vorweihnachten! Das klingt besser, oder?«, fügte er hinzu und lachte. »Und sagen Sie, wissen Sie zufällig, wie man eine Gans macht?«

Miriam liebte ihre Weihnachtskiste. Seit Julchen auf der Welt war, schleppte sie diese Kiste jedes Jahr vom Dachboden oder aus dem Keller herbei, sie war bis obenhin vollgepackt mit dem herrlichsten Baumschmuck. Dunkelrote Kugeln aus schwerem Glas, Kerzenständer, an denen kleine, bunte Figuren als Pendelgewichte baumelten. Es gab goldene Engel, und es gab Engel, die sie aus Wollfilz gebastelt hatten, mit Flügeln aus weißem, zartem Papier, es gab einen ganzen Karton voll bunter, kleiner Glaskugeln und eine Tüte mit breiten Satin-Bändern in Dunkelrot und in Hellrot, die sie in üppigen Schleifen an die Zweige band. Sie hatte Sterne in Silber und in Gold. Die alten, handbemalten Kugeln ihrer Großeltern hatte sie auch noch, in Rosa und Gold oder Schneeweiß mit silbrigen Zickzacklinien, herrlich kitschig waren die. Jedes Jahr freute sich Miriam auf den Augenblick, in dem sie die Kiste öffnen konnte. »Das ist das Schönste an Weihnachten«, hatte sie immer gesagt, »ein Glas Apfelpunsch, ein paar Zimtsterne und die Weihnachtskiste!«

Jetzt saß Miriam vor der Weihnachtskiste und traute sich nicht, sie aufzuklappen. Letztes Jahr hatten sie die Kiste zusammen geöffnet. Jan hatte die Kiste ins Wohnzimmer geschleppt, und sie hatte den Apfelpunsch gemacht. Julchen war bei den Nachbarskindern spielen gewesen. Es tat so weh. Warum war das alles vorbei? Warum hatte nicht einfach alles so bleiben können, wie es war? Es war doch schön gewesen. Warum hatte er das alles aufgegeben? War ihr gemeinsames Leben in Wirklichkeit gar nicht so schön gewesen? War alles ganz anders gewesen, und sie hatte es nur nicht bemerkt? Hatte sie sich das denn bloß ausgedacht, dass ihr Leben schön war, so wie man sich eine Geschichte ausdenkt, die man einem Kind zum Einschlafen erzählt? In ihrer Vorstellung war es doch schön gewesen! Und in seiner war es das scheinbar nicht, warum hatte er es sonst zerstören müssen? Sie dachte manchmal, es fehlte nicht viel, und sie würde durchdrehen, einfach durchdrehen. Eins plus eins gibt zwei, Wasser löscht den Durst, das Jahr hat 365 Tage, es wird jeden Morgen wieder hell, Jan und Miriam lieben sich, und ihr Leben ist schön. Das war alles richtig gewesen. War jetzt alles falsch? Sie hatte alle Sicherheiten verloren. Ein Dickicht voll dunkler Gedanken war in ihrem Kopf, und sie irrte immer öfter hindurch und fand zwischen all dem Geäst den einen Gedanken nicht, an dem sie sich festhalten konnte. Wenn sie doch nur einen einzigen Gedanken fände, der ihr helfen würde, aus diesem dunklen Dickicht zu finden. So etwas wie ein Licht, das ihr einen Weg zeigte. Sie rieb sich die Stirn. Ein Licht in der Nacht.

In der Weihnachtskiste waren auch die Anhänger, die sie jedes Jahr von Jan bekommen hatte. Jedes Jahr ein ganz besonderer. Er hatte ihn immer heimlich für sie an den Tannenbaum gehängt, und sie hatte ihn suchen müssen. Es waren wunderbare Anhänger. Sie hatte Angst vor den wunderbaren Anhängern. Sie waren das Schlimmste an der Weihnachtskiste, und sie wusste einfach nicht, ob sie es schaffen würde, sie auszupacken und aufzuhängen und den ganzen Abend zu sehen und dabei zu wissen, dass keiner mehr dazukommen würde. Genau zu wissen, dass heute Abend keiner heimlich dazugehängt wurde. Und nächstes Jahr nicht und übernächstes Jahr auch nicht. Sie wusste nicht, ob sie das aushalten würde, sie aus dem Seidenpapier zu wickeln, in das sie sie letztes Jahr so vorsichtig gehüllt hatte, damit sie auch nicht zerbrachen. Auf die Anhänger hatte sie so gut aufgepasst, dass ihr noch nie einer kaputtgegangen war. Auf ihre Liebe hatte sie lange nicht so gut aufgepasst wie auf ihre

Weihnachtsbaumanhänger. Sie hatte sie nicht in buntes Seidenpapier gehüllt, das sie vor dem Zerbrechen geschützt hätte. Sie hatte immer gedacht, alles wäre gut. Sie hatte ja noch nicht einmal gemerkt, dass ihre Ehe einen Sprung hatte. Einen Sprung, durch den Jan entwischt war. Es musste ein großer Sprung gewesen sein, wenn ihr ganzer Mann da durchgepasst hatte. Warum hatte sie ihn überhaupt nicht wahrgenommen?

Sie holte tief Luft. Jetzt geht es los, dachte sie. Jetzt fängt Weihnachten an. Sie trank einen großen Schluck von dem Punsch, den sie sich gemacht hatte, obwohl es ihr albern vorkam, für sich alleine Punsch zu machen. Deshalb hatte sie einen riesigen Topf Apfelsaft aufgesetzt, die getrockneten Apfelscheiben, die Anissterne, Piment und die Zimtstangen hineingelegt und den Calvados gleich danebengestellt. So konnte Jule mittrinken. Vielleicht klingelte auch mal jemand aus dem Haus, man konnte nie wissen, dann wäre es schön, etwas anbieten zu können. Am schönsten wäre es natürlich, es würde klingeln und Jan stände vor der Tür. Er würde sie anschauen und um Verzeihung bitten, er würde ihr erklären, wie verwirrt er gewesen war, wie verrückt und wie leid ihm alles täte, dass er sie niemals verlassen wollte, dass sie die Frau seines Lebens sei. Sie lächelte bei dem Gedanken, dass sie ihn vielleicht etwas zappeln lassen würde, bis sie ihm verzieh. Was bedeutete schon Stolz, wenn man nie mehr alleine sein würde an Weihnachten. Nie mehr alleine mit der Weihnachtskiste. Sie starrte die Kiste an. Wenn sie wüsste, dass es irgendwann mal wieder jemanden geben würde, mit dem sie die Kiste auspacken konnte, wäre es ihr schon leichter. Ich will nicht immer alleine sein, dachte sie. Ich will nicht immer alles alleine können müssen. Ich will jemanden, der ein Licht für mich hochhält und mir aus diesem Dunkel hinaushilft.

Sie holte tief Luft und öffnete die Kiste.

Es geht ja, dachte sie, als sie spürte, wie sie sich freute, die Engel wiederzusehen, und die Kugeln und alles andere um sich herum ausbreitete, um es an den Baum zu hängen. Sie war sogar ein bisschen stolz auf den Baum. Es war der erste Weihnachtsbaum, den sie selbst gekauft und selbst aufgestellt hatte. Sie hätte gerne jemandem davon erzählt. Aber noch lieber hätte sie den Weihnachtsbaum nicht selbst gekauft und selbst aufgestellt. Sie wäre so viel lieber nicht stolz darauf gewesen. Sie hätte lieber mit jemandem zusammen Apfelpunsch getrunken und Zimtsterne geknabbert. Sie wäre lieber nicht allein. Vor allem nicht an Weihnachten.

Miriam hielt die Schachtel mit all den kostbaren Anhängern, die Jan ihr geschenkt hatte, in der Hand, und einen kurzen Moment lang wollte sie sie an die Wand werfen. Sie stellte sich das Geräusch vor, wenn das hauchdünne Glas zerschellte, es klang bestimmt ganz fein und klirrend, fast süß. Oder sie würde jedes einzelne Gebilde herausnehmen, es mit ausgestrecktem Arm so hoch es nur ging über ihren Kopf halten und es dann fallen lassen. Sie würde den Scherben zuschauen, wie sie klirrend über den Boden tanzten. Und lachen.

Sie stellte die Schachtel zurück in die Kiste. Es ging nicht. Sie war nicht in der Lage, die Anhänger aufzuhängen und anzuschauen. Sie waren ein Teil des Lebens, dessen Wahrheit sie nicht mehr kannte. Genauso wenig war sie in der Lage, sie kaputtzuwerfen. Denn sie waren doch ein Teil ihres Lebens, das sie noch immer lebte, oder? Auch wenn es kaputt war. Sie nahm noch einen

Schluck Punsch. Und lachen würde sie ganz gewiss nicht.

Na dann los, dachte Sanne, als sie vor Philipps Haus im Auto auf ihn wartete. Weihnachten, ich komme. Auf dass wir wieder alle in Harmoniesuppe baden. Sie war sogar pünktlich. Sie hatte keine Lust gehabt, schon auf der Fahrt von Philipp gesagt zu bekommen, dass man doch wohl einmal im Jahr an diesem Tag an die Familie denken könne und Mama und Papa würden sich doch so freuen und so weiter und so fort. Er war immer so verständnisvoll, der gute Junge. Was für ein Glück für Mama, dass sie ihn noch bekommen hatte. Den guten Jungen nach der zickigen Tochter, die so gar nicht die gute Hausfrau werden wollte, die ihre Mutter gerne in ihr gesehen hätte. Das würde sie die ganzen drei Tage wieder ertragen müssen. Mamas hausfrauliche Belehrungen. Mamas andauerndes Kreisen ums Tischdecken, ums Essen, ums Abräumen, um die Kunst, wie man eine Spülmaschine ordentlich belädt, das Besteck gehört andersherum in die Körbchen, weißt du, und nein, die Schüsseln kommen nicht in die Spülmaschine, dann kann sich das Wasser nicht richtig verteilen, ach, die Tassen stehen immer besser links, Mama und wie sie um ihr Geschirr kreiste. Das Geschirr in die Spülmaschine einräumen und dann wegräumen und dann wieder ausräumen, um den Tisch aufs Neue zu decken. Zwischendurch mussten schnell alle Plätzchen probiert werden, denn es gab ja jedes Jahr ein oder zwei neue Sorten, und es ist noch so viel Stollen da, Kinder, wer soll das denn essen! Wenn sie nur nicht so engstirnig wäre, wenn nur nicht immer alles so perfekt nach Plan verlaufen müsste. Wenn sie mal Luft holen könnte in dieser kleinen, streng verplanten Welt, die Sanne stets schon in dem Moment durcheinanderbrachte, in dem sie im Flur die Schuhe auszog. Sie hatte noch nie das Gefühl gehabt, in dieser Welt einen richtigen Platz zu finden. Sie entsprach dem schönen Plan ihrer Mutter nicht. Vielmehr hatte sie schon immer das dringende Bedürfnis verspürt, aus ihm auszubrechen. Meist gelang ihr das auch. Nur an Weihnachten nicht. An Weihnachten hatte sie keine Chance.

Julchen schloss die Tür zu ihrem Zimmer und holte ihre Wasserfarben heraus. Im Kindergarten hatten sie ein Gedicht gelernt. Zu Weihnachten. Das wollte sie aufsagen für ihre Mama und ihr noch ein Bild dazu malen. Es war ein Gedicht von drei Spatzen. Die würde sie jetzt malen. Und dabei noch mal üben.

In einem leeren Haselstrauch,
da sitzen drei Spatzen Bauch an Bauch.
Der Erich rechts und links der Franz
und mittendrin der freche Hans.

Sie hatte das Bild die ganzen Tage schon malen wollen, aber sie konnte es nie heimlich machen. Jetzt hatte Mama aber gerade eine Verabredung mit dem Christkind, und da durfte sie sowieso nicht stören. Also hatte sie ein bisschen Zeit. Sie nahm sich ihr Malpapier aus der Schublade und setzte sich an ihren Tisch. Sie brauchte den Haselstrauch und die drei Spatzen.

Sie haben die Augen zu, ganz zu
und obendrüber da schneit es. Hu!

Und Schnee. Aber wie sollte sie denn auf einem weißen Blatt Schnee hinkriegen? Sie brauchte ein neues Blatt, ein buntes. In der Schublade war kein buntes Papier mehr. Nur noch ein Stück Pappe. Das war grau. Rot wäre eigentlich schön. Rot war ihre Lieblingsfarbe. Grau. Wenn es schneite, war der Himmel ja auch immer grau. Das war doch gut. Grau war gut. Oben war die Pappe ein bisschen eingerissen. Sie nahm eine Schere und schnitt den Rand oben ab. Mist. Es war nicht gerade. Sie schnitt noch einmal daran entlang. Jetzt war es noch schiefer geworden. Sie konnte ja nicht zur Mama gehen, die half ihr sonst bei so schwierigen Sachen. Es sollte doch eine Überraschung für sie werden. Und jetzt durfte sie sowieso nicht stören. Aber mehr sollte sie besser nicht abschneiden, sonst hatte sie nicht genug Platz zum Malen. Dann war der Himmel eben ein bisschen schief.

Sie rücken zusammen dicht an dicht.
So warm wie der Hans hat's niemand nicht.

Sie wäre am liebsten der Hans. Der freche Hans in der Mitte hatte es doch echt am allerallergemütlichsten. So, jetzt die Augen zu. Sie malte einen kleinen Strich. Das sah aus wie zu.

Und obendrüber da schneit es. Hu!

Das machte Spaß. Sie tauchte den Pinsel ins Deckweiß und tupfte lauter Punkte auf das Blatt. Lauter dicke weiße Schneeflocken. Das sah lustig aus. Sie verbrauchte furchtbar viel Deckweiß für die Schneeflocken. Das Deckweiß war immer so schnell leer. Davon brauchte sie am allermeisten, denn die Wasserfarben wurden so schön pampig, wenn man Deckweiß druntermischte. Meistens versuchte sie sparsam damit zu sein, aber heute würde sie für Mama ihr ganzes Weiß verbrauchen, damit das Bild richtig lustig wurde. Wie war noch mal die letzte Strophe, die hatte so ein komisches Wort drin bei den Herzlein.

Sie hör'n alle drei ihrer Herzlein Geklopf
und wenn sie nicht weg sind,
so sitzen sie noch.

Nein, es war nicht Geklopf. Es reimte sich ja mit noch. Geloch. Gekoch. Wie war denn noch mal das Wort? Es musste ihr noch einfallen. Das Wort musste ihr noch einfallen, sonst konnte sie ja der Mama das Gedicht gar nicht schenken. Und wenn es ihr nicht einfiel, dann hatte sie kein Geschenk mehr für die Mama, und die musste aber Geschenke bekommen. Sonst war sie doch traurig. Darum musste sie ihr ein bisschen mehr schenken. Den Anhänger, den sie im Kindergarten gebastelt hatten. Und die Kerze vom Weihnachtsmarkt, die so gut roch, für die hatte die Oma ihr noch das Geld gegeben, das gefehlt hatte, und noch das Bild und das Gedicht. Wie war nur dieses Wort? Jetzt konnte sie niemanden mehr fragen.

Es musste ihr einfach wieder einfallen. Es war doch so ein lustiges Wort. Und jetzt fiel es ihr nicht mehr ein. Und die Mama hatte nicht genug Geschenke.

Sie wischte die Tränen ab, die ihr aus den Augen schossen, damit die Schneeflocken auf dem Bild nicht auch noch verwischten.

Die Mama sollte sich doch freuen.

Es war doch Weihnachten.

Es war kalt geworden. Im Wetterbericht hatten sie zwar milde, feuchte Meeresluft vorhergesagt, doch es fühlte sich einfach kälter an. Als Herr Eberling aus dem Haus trat und die Tür hinter ihm zufiel, war er froh, dass er an die Handschuhe gedacht hatte. Auf dem Friedhof fror es ihn sowieso immer mehr als sonst. Da war es immer kälter. Nur im Sommer war es andersherum. Wenn es heiß war, dann war es auf dem Friedhof immer noch heißer als woanders. Er ging meistens einmal pro Woche zum Friedhof. Am Anfang war er immer am Sonntag gegangen, weil der Sonntagnachmittag der leerste aller Nachmittage geworden war und der Besuch auf dem Friedhof an diesen Sonntagen die einzig mögliche Beschäftigung zu sein schien. Aber er hatte sich sonntags dort nie wohlgefühlt. Er hatte immer das Gefühl gehabt, er wäre dort falsch. Am Sonntag spazierten die Leute zwischen den Gräbern auf und ab, sie waren fein angezogen, sie standen zwar mal eine Weile vor ihrem Grab, das sie besuchten, zupften ein altes Blatt weg oder wischten über den Stein, aber eigentlich merkte man ihnen an, dass sie wieder gehen wollten. Zum Kaffeetrinken. Nach Hause. Weg von hier.

Die Sonntagsbesuche an den Gräbern waren die Pflichtbesuche. Er hatte sich verloren gefühlt, und als er einmal während der Woche zum Grab gegangen war, war es alles ganz anders gewesen. Mitten in der Woche war der Friedhof richtig belebt. Da kamen die, die sich um die Gräber kümmerten. Da wurden Gießkannen geschleppt, da wurde in der Erde gewühlt, und neue Blumen wurden gepflanzt. Da wurde gerecht und geschnitten, und er hörte die alten Frauen murmeln, während sie all das taten. Es war ihm unangenehm, an ihnen vorbeizugehen. Er wollte nicht hören, was sie ihren Männern erzählten, aber trotzdem fühlte er sich an einem Mittwoch auf dem Friedhof wohler. Keiner beachtete ihn. Er wurde überhaupt nicht wahrgenommen. Während die Blicke sonntags zu den anderen Gräbern schweiften, um den Zustand des eigenen Grabes mit dem des Nachbargrabes zu vergleichen, versanken die Blicke an einem Mittwoch tief in der Bepflanzung der eigenen Gräber und noch tiefer in der eigenen Erinnerung.

Er ging nie wieder sonntags zum Friedhof, wenn es sich vermeiden ließ. Schräg gegenüber vom Grab seiner Frau war eine Bank. Auf die setzte er sich immer für eine Weile und fühlte sich alt und übrig geblieben. Und wenn er sich lange genug alt und übrig geblieben gefühlt hatte, dann ging er wieder zur Bushaltestelle und fuhr zurück nach Hause.

Heute würde es nicht so sein wie an einem Wochentag, aber auch nicht wie an einem Sonntag. Er würde sich nicht besonders wohl dort fühlen, aber er sollte wohl hingehen, um seiner Frau ein Weihnachtsgesteck hinzulegen. Das machte man ja so. Auch wenn er fand, dass es nichts anderes war als Geldmacherei. Genau wie mit dem Parfüm, das sie nicht mehr benutzt hatte. Was hatten die Toten denn schon von Gestecken, die zu den Feiertagen bestimmt sowieso wieder teurer waren. Na ja. Er ging zur Bushaltestelle und wartete auf den Bus zum Friedhof. An der Haltestelle standen zwei Frauen und rauchten. Er musste sich drei Meter weit weg stellen, um nicht von dem Rauch eingenebelt zu werden. Er mochte es nicht, wenn Frauen rauchten. Vor allem nicht auf der Straße. Dass einfach niemand mehr auf Höflichkeit achtete. Das Busfahren war ihm richtiggehend zuwider geworden. Die Menschen in den Bussen waren unhöflich und rücksichtslos, es stand doch kaum noch einer auf für ältere Leute, eher bekam man eine Tasche ins Knie gerammt, und am schlimmsten waren diese Kinder. Zappelige, nörgelige kleine Biester, deren Eltern ihnen nichts mehr beibrachten, was mit Anstand zu tun hatte.

Der Friedhofsgärtner hatte Weihnachtsgestecke zu allen Preisen. Mit Engeln, mit Schleifen, mit und ohne Kugeln. In Gold, in Silber, in Braun und in Grün. Rot gab es wenig. Rot hatte sie am liebsten gehabt an Weihnachten. Eines gefiel ihm besonders. Doch als er es hochnahm, um nach dem Preis zu schauen, setzte er es schnell wieder ab. 86 Euro. Für ein Grab. Für so viel Geld hatte er ihr noch nicht einmal Blumen geschenkt, als sie noch lebte. Auch nicht zum Hochzeitstag. Die welkten ja doch nur. Er würde sich hüten, dem Gärtner hier so viel Geld in den gierigen Rachen zu werfen. Er nahm ein kleines Gesteck für 15 Euro, das eine annähernd rote Schleife hatte, eher rotbraun, aber immerhin war ein bisschen Rot dabei, und ging den vertrauten Weg zum Grab. Als er ankam, stutzte er. Es lag schon ein Gesteck darauf. Ein Riesengesteck. Seine Tochter war also dagewesen. Extra früh. Um ihm eins auszuwischen. Um ihm zu zeigen, dass sie ihrer Mutter ein Riesengesteck gekauft hatte zu Weihnachten. Um ihm zu zeigen, dass sie die tote Mutter besucht hatte. Und ihn nicht. Sie würde sich nie ändern. Seine Frau hatte sie verzogen. Hatte ihr alles durchgehen lassen. Ach, lass mal, wir haben doch nur die eine, hatte sie immer gelächelt, wenn er sich aufregte. Auch jetzt würde sie sie in Schutz nehmen. Beinah war es so, als ob er ihre Stimme hörte. Gegen seine beiden Frauen hatte er nie eine Chance gehabt.

»Sie meint es doch nur gut. Jetzt macht es euch doch nicht so schwer. Sei doch du wenigstens vernünftig.« Als ob er jemals unvernünftig gewesen wäre. So ein Riesengesteck. Wenn das mal nicht der Ausbund von Unvernunft war. Und dann hatte es noch nicht mal einen einzigen kleinen roten Farbklecks. Goldschleifen. Goldspray. Nichts Rotes. Das tat ihm plötzlich leid. Da hatte seine Marianne zwei Gestecke zu Weihnachten auf ihrem Grab, und keines davon war richtig rot. Und sie hatten sie auch nicht zusammen hingestellt, seine Tochter und er. Sie hatten ihr keinen Wunsch erfüllt.

Rosa Wagner zündete zwei rote Grablichter auf dem Grab ihrer beiden Lieben an. Zwei kleine, warme rote Punkte leuchteten nun vor dem Grabstein. Frohe Weihnachten, ihr zwei, murmelte sie. Die waren wenigstens zusammen. Ihr Albert und ihre Lissi. Aber es würde nicht noch ein Weihnachten geben, an dem sie alleine auf dem Friedhof stand. Nächstes Jahr würde sie an Weihnachten bei ihnen sein. Das wusste sie. Wie oft hatte sie schon hier gestanden und sich gewünscht, dass sie doch auch dort läge, in der ruhigen, kühlen Erde. Wenn die Trauer so heiß und schmerzlich in ihrer Brust gewütet hatte, dann war es ein Trost gewesen, an die kühle, ruhige Erde zu denken, die sie irgendwann umfangen würde. Wobei sie eigentlich eher an so etwas wie einen Himmel glaubte, in dem sie sich befinden würden. Sie alle drei.

Der Arzt gab ihr nicht mehr viel Zeit. Nachdem er sie gründlich untersucht hatte, mit allen möglichen seltsamen Aufklebern und Kabeln und viel Piepsen, hatte er sie ins Krankenhaus einweisen wollen, damit weitere Untersuchungen gemacht werden konnten, und von einem Herzschrittmacher hatte er gesprochen. Aber sie hatte den Kopf geschüttelt. Wenn ihr Herz nicht mehr schlagen wollte, dann würde sie es nicht zwingen. War es denn ein Wunder, dass ihr Herz zu schwach war? Kummer machte ein Herz eben schwach. Kummer hatte sie genug gehabt in den letzten Jahren. Mehr als genug.

Es war Zeit, dass ihr Herz Ruhe fand.

Es war Zeit zu gehen.

Als sie am Grab von Frau Eberling vorbeikam, seufzte sie. Es war immer das Gleiche. Sie hatte ihn wieder da stehen sehen, so verloren und allein, in dem dunklen Mantel, der ihm langsam zu groß wurde an den Schultern. Das sah man richtig. Vielleicht aß er nicht genug. Was für eine einsame Gestalt. Nach Mariannes Tod hatte sie ein bisschen nach ihm gucken wollen, hatte ihm mal Kuchen raufgebracht, wenn sie am Wochenende gebacken hatte, oder eine Roulade, wenn sie welche gemacht hatte, weil sie gedacht hatte, dass er die sich allein bestimmt nicht kochte. Aber er machte es einem ja wirklich schwer, dieser Griesgram. Und seiner Tochter erst. Die hatte es gar nicht leicht mit ihrem Vater. Die Mutter tot und der Vater so ein Griesgram. Und jetzt gingen sie beide zum Grab und legten ein Gesteck darauf. Jeder für sich. Dabei könnten sie da so schön nebeneinanderstehen und dann zusammen nach Hause gehen. Sie konnte hier nicht mehr neben ihrer Tochter stehen. Er könnte es noch.

»Wir haben gar kein Kochbuch für Gänse, wissen Sie.« Achim brachte Isabell zur Tür. Sie hatte mit ihm die Gans gewaschen und den Fettbürzel entfernt, wofür er besonders dankbar war. Denn es war ihm gar nicht geheuer gewesen, das Tier anzufassen, mit seiner weißen, fetten Haut und seiner dunklen Bauchhöhle, die man auseinanderziehen und waschen musste, um etwas hinauszuspülen, von dem er gar nicht so genau wissen wollte, um was es sich dabei eigentlich handelte. Wenn sie gebraten und duftend auf der großen Servierplatte lag, war sie ihm irgendwie sympathischer. Was für ein Glück, dass Isabell hochgekommen war. Sie hatte ihn gerettet. Auch wenn es ihn ganz schön nervös gemacht hatte, dass sie da war. Er hatte immer wieder in Richtung Bad lauschen müssen, mit dem dringenden Gefühl, dass Waldi jetzt unter keinen Umständen herauskommen durfte. Waldi würde es nicht gut finden, dass ein fremdes Mädel in ihrer Küche stand und ihm half, da war er sich ziemlich sicher. Dabei sollte sie doch froh sein, dass sie in der Wanne liegen konnte, während er sich hier abarbeitete, mit fremden Tieren. Und fremden Frauen.

So eine Gans war irgendwie unanständig. Als Isabell sie auf den Rücken gelegt und ihr die Beine auseinandergezogen hatte, um sie innen abzutrocknen, hatte er rasch nach dem Bräter gesucht, um nicht so genau hinsehen zu müssen. Und das hatte dann gedauert, bis er den Bräter gefunden hatte, das hatte gedauert. Er kannte sich in Waldis Küche nicht gut aus. Aber das war nicht der einzige Grund. Es war einfach angenehmer, den Bräter erst dann zu finden, nachdem Isabell den Innenraum der Gans fertig vorbereitet hatte.

Was für ein aufregender Tag das plötzlich geworden war. Alles war so anders. Es war gar nicht wie Weihnachten. Sie hatten die Gans mit Äpfeln vollgestopft und mit Gewürzen, und Isabell hatte sie zugenäht. Das Quietschen der Nadel, als sie durch die Haut stach, war ihm bis in die Haarspitzen gefahren. Muss das denn sein?, hatte er gedacht. Muss das denn auch noch sein?

Nun briet sie im Ofen. Und er musste nur darauf achten, dass er sie regelmäßig übergoss, dass er dabei die Haut nicht einritzte und dass sie nicht verbrannte.

Er war heilfroh, dass Isabell ihm geholfen hatte. Und er war heilfroh, dass sie nun ging, bevor Waldi aus dem Bad kam. »Meine Frau, die – ja.« Er wusste nicht, was er sagen sollte.

»Na, die wird sich freuen! Also, ich würde mich furchtbar freuen, wenn jemand für mich so eine Überraschung machen würde. Denken Sie dran, sie immer zu übergießen, und lassen Sie sie nicht zu lange alleine. Und wenn was ist, ich bin unten.«

Ich bin unten, hatte sie gesagt. Das hieß, sie würde nicht zu ihren Eltern fahren, dachte Isabell, während sie die Treppe hinunterstieg. Sie würde hierbleiben, mit oder ohne Nick, wo auch immer er steckte, der Idiot. Mit einem zersägten Baumkrüppel, mit den Scherben ihres kleinen Engels, der oben am Baum hätte fliegen sollen, und mit so viel Enttäuschung im Bauch, dass sie sich ganz schwach und hohl fühlte. Aber sie würde bleiben, das hatte sie gerade versprochen.

Sie stand eine Weile vor ihrer Wohnungstür, bevor sie aufschloss. Sie hoffte auf ein kleines Wunder. Sie hoffte, Nick wäre zurück und nähme sie in die Arme. Sie hoffte, sie würde die Tür öffnen und sehen, dass Licht brannte. Hören, dass er Musik angemacht hatte. Riechen, dass er gerade im Flur gestanden hatte. Sie hatte solche Sehnsucht nach ihm. Sie fühlte sich so, als ob eine große Welle durch sie hindurchspülte, und jeder Tropfen davon war Sehnsucht nach Nick. Nach seinem Haar und wie es sich anfühlte, wenn ihre Finger damit spielten, nach dem Geruch seiner Haut am Morgen und am Abend, selbst nach seiner Jacke sehnte sie sich plötzlich, obwohl sie sie eigentlich überhaupt nicht leiden konnte, aber jetzt wollte sie nichts anderes als seine Jacke, wollte sie an ihm sehen und in den Händen halten, auf Tuchfühlung wollte sie sein mit seiner Jacke. Die Art, wie er ging, sein Lächeln, o sein Lächeln, dieser schiefe Mund, der sich immer breiter zog, bis das Lachen aus ihm herausplatzte, und seine Augen darüber, seine dunklen, schimmernden Knopfaugen, in denen sich die Welt für sie spiegelte, diese warmen Augen, von denen sie gesehen werden wollte. Sie sehnte sich nach seinem Trommeln, mit dem er jedes Lied mitschlug und mit dem er aus jeder Stille einen Rhythmus zauberte, der sie tanzen ließ. Bitte sei da, flüsterte sie. Bitte.

Sie drehte den Schlüssel im Schloss und hörte, dass die Wohnung leer war. Leer und dunkel wie ein Gähnen.

Er war weg.

»Ich glaube, wir sollten langsam mal anrufen.« Sanne stellte die Scheibenwischer schneller, weil sie im Schneegestöber fast nichts mehr sehen konnte. Erst waren es nur vereinzelte weiße Pünktchen gewesen, die auf der Windschutzscheibe landeten. Aber nun fuhren sie durch eine etwas höher gelegene, hügelige Gegend, und seit einer halben Stunde fiel der Schnee in dichten Flocken. Es ging nur noch im Schritttempo voran, am rechten Rand der Autobahn standen immer wieder vereinzelte Autos, die auf der glatten Fahrbahn weggerutscht waren und nicht weiterkamen. Sanne konzentrierte sich auf die Rücklichter des Autos, das vor ihr fuhr, und war froh, dass ihr Auto Winterreifen hatte. Es sah nicht so aus, als ob sich die Lage auf der Straße in Kürze bessern würde.

»Damit sie sich schon mal drauf einstellen können. Das schaffen wir nie pünktlich zur Bescherung.«

»Es sollte doch warm werden über Weihnachten. Sie haben Schmuddelwetter gemeldet. Versteh einer diesen Wetterdienst.«

Philipp angelte sein Handy aus der Tasche. »Ich sage es ja ungern. Aber wenn wir früher losgefahren wären …«

Jetzt ging das wieder los. Sanne seufzte. Drei Tage lang würde sie das in regelmäßigen Abständen zu hören bekommen. Ganz toll. Sie könnte mitzählen und beim hundertsten Mal eine Flasche Sekt öffnen.

»Ich mein ja nur. Mama ist bestimmt enttäuscht«, sagte Philipp nach einem Blick zur Seite auf Sannes Gesicht.

»Bestimmt. Bestimmt ist Mama enttäuscht. Und ganz bestimmt wirst du alles tun, damit es nicht ganz so schlimm wird für die arme Mama, stimmt's? Aber weißt du, was ganz toll ist? Ihr habt eine Schuldige: Ich opfere mich!« Sanne hob pathetisch die Hände gen Himmel. »Ich bin schuld! Und weil wir zu spät losgefahren sind, ist dieser ganze Schnee überhaupt erst entstanden, deshalb wird auch das Essen nicht schmecken, die Kerzen werden tropfen und die schöne Tischdecke verderben, um Gottes willen, die Wachsflecken! Die Geschenke werden die falschen sein, Mama wird heulen, Papa wird schweigen, du wirst den Pausenclown machen. Durch meine Schuld, durch meine Schuld, durch meine große Schuld! Ach, ich hätte eine tolle Katholikin werden können, wenn ich nicht aus der Kirche ausgetreten wäre.«

»Fertig?«, fragte Philipp. »Dann könnte ich jetzt nämlich mal anrufen.«

Das Telefon klingelte wie aus weiter Ferne an ihr Ohr. Sie würde gar nicht drangehen. Sie wollte nie mehr auftauchen aus diesem Kummerloch auf ihrem Sofa. Nein, sie würde nicht drangehen. Es war ja sowieso alles egal. Sie würde nicht zum Chor gehen. Sie würde nicht mitsingen. Sie würde überhaupt nie mehr singen. Sie würde nicht aufstehen, sie würde das ganze Weihnachtsfest hier liegen bleiben und wahrscheinlich sterben vor

Hunger und Durst und Kummer. Und nie mehr ans Telefon gehen. Sollten sie doch alle anrufen. Ihre Eltern, ihr Chef, sollten sie sich doch alle wundern, wo sie nur blieb. Sollte er sie doch suchen kommen, sollte er doch auf ihren leeren Platz im Chor starren und sich fragen, wo sie war. Sollte er doch. Sollte er doch bitterlich bereuen, dass er sie nicht schon längst zum Essen eingeladen hatte, sollte er sie doch vermissen und es bereuen. Zu spät. Zu spät!

»… machen eine Telefonkette«, hörte sie eine Stimme auf den Anrufbeantworter sprechen, »alle ganz in Schwarz«, hörte sie und setzte sich auf, um besser zu verstehen. »… doch festlicher …«, vernahm sie, und »hoffentlich ist das jetzt kein Problem …«

Ganz in Schwarz. Nein, das war kein Problem. Das war überhaupt kein Problem. Ganz in Schwarz! Wie wunderbar! Sie konnte den schwarzen Pulli mit dem V-Ausschnitt anziehen. Schwarz machte ja so was von schlank. Sie konnte hingehen! Sie konnte mitsingen! Ganz in Schwarz und ganz schlank, oder fast! Sie würde ihn anlächeln und ihm den Engel geben können. Lächeln. Oje. Sie rannte ins Bad, um ihre verquollenen

Augen im Spiegel zu betrachten. Wie viel Zeit hatte sie noch?

Waltraud duftete. Sie hatte bestimmt eine volle Stunde gebadet und immer wieder heißes Wasser nachlaufen lassen, bis sie ganz und gar warm und rosig war und sich fühlte, als könnte sie nie mehr aus der Wanne steigen. Dann hatte sie es doch getan und sich eingecremt und nicht weitergewusst. Nun duftete sie vor sich hin und hatte keine Ahnung, was sie als Nächstes machen könnte. Da fiel ihr ein, dass in ihrer Zeitschrift eine Probe gewesen war für eine Gesichtsmaske. Oder war es eine Haarkur gewesen? Egal, was immer es auch war, sie könnte es ja benutzen. Das würde sie wieder eine Weile beschäftigen.

Sie schlüpfte in ihren Bademantel und ging leise ins Wohnzimmer, wo die Zeitschrift auf dem Couchtisch lag. Schon als sie die Badezimmertür öffnete, schlug ihr der Duft von Gänsebraten entgegen. Er vertrug sich nicht so recht mit ihren Badedüften. Sie sah die Zeitschrift und nahm sie gleich mit ins Bad, das in der letzten Stunde ihr Refugium geworden war. Ihre Bade-

Höhle. Hier fühlte sie sich wohler als in der Wohnung, in der sie ja nichts mehr zu tun hatte. Sie setzte sich auf den Hocker, der im Bad stand, und blätterte die Zeitschrift durch, bis sie das Pröbchen fand. Es war eine Augenmaske. Sie öffnete das Papierchen und strich sich das durchsichtige Gel vor dem Spiegel unter die Augen. Es fühlte sich einen Moment lang kühl an auf der Haut. Angenehm. Und es roch nicht nach Gänsebraten. Sie setzte sich wieder auf den Hocker.

Es war kurz vor Heiligabend, und sie hatte nichts zu tun.

Es machte keinen Spaß, kurz vor Heiligabend nichts zu tun zu haben. Dabei war noch nicht mal der Baum geschmückt. Sie wollte diejenige sein, die in der Küche hantierte, sie wollte diejenige sein, die den Bratenduft in die Wohnung zauberte. Warum roch es nach Gans? Wenn sie sich nicht um Weihnachten kümmerte, dann sollte es auch gefälligst ausfallen. Sie wollte nicht so einfach zu ersetzen sein.

Es machte wirklich überhaupt gar keinen Spaß, kurz vor Heiligabend nichts zu tun zu haben. Sie wünschte, sie hätte eben nicht den Bratenduft gerochen. Er hing ihr in der Nase und verursachte eine tiefe Schwermut irgendwo auf der Strecke zwischen Hals und Magen.

Sie blätterte nun bestimmt schon zum dritten Mal durch die Zeitschrift. Lauter fröhliche Menschen lachten sie an. Es war das große Weihnachtsheft, mit Tipps für ein festliches Menü und für Geschenke in letzter Minute. Solche Tipps brauchte sie nie. Sie hatte ihre Geschenke immer schon früh beisammen, da war es noch nicht mal Advent. Man musste nur gut planen, dann passierte es auch nicht, dass man ein paar Stunden vor der Bescherung noch schnell durch die Stadt rennen musste, um irgendeinen Blödsinn zu kaufen, nur damit man ein Geschenk hatte, das man dann auch noch im Laden verpacken ließ. Sie ließ ihre Geschenke nie verpacken. Das gab es bei ihr nicht. Im Wohnzimmerschrank hatte sie eine Schublade mit Geschenkpapier und verschiedenen Bändchen, und sie sammelte das ganze Jahr über Ideen aus ihren Zeitschriften, wie sich Geschenke besonders hübsch verpacken ließen. Für ihre Lieben gab sie sich immer viel Mühe. So viel Mühe! Das tat sie gerne. Sie seufzte. Jetzt war Weihnachten, und alles war für die Katz. Die Geschenke, die sie mit Mühe besorgt und mit Mühe verpackt hatte, lagen im Schrank. Und der Stollen auch. Sie selbst machte sich ja nicht viel aus Stollen. Sie aß ihn, ja, aber sie konnte auch auf ihn verzichten, im Gegensatz zu Achim. Wenn der nämlich Weihnachten keinen Stollen hatte, dann war es für ihn kein Weihnachten. Also machte sie für ihn mit viel Liebe und Mühe den Stollen nach dem Rezept seiner Mutter und freute sich, wenn er ihm schmeckte. Sanne mochte immer am liebsten die Süßen Augen, mit dem Johannisbeergelee dazwischen, und die Vanillekipferl, und Philipp liebte Zimtsterne über alles. Weil die erste Ladung, die sie gebacken hatte, etwas hart geworden war, hatte sie vorgestern noch einmal ein paar Bleche Zimtsterne für ihn gebacken. Sie hatte sich extra neben den Backofen gestellt und die Plätzchen keine Sekunde aus den Augen gelassen, um sie genau im richtigen Moment aus dem Ofen zu nehmen, damit sie auch weich blieben. Irgendwie schien ihr Backofen in die Jahre zu kommen, er ließ sich nicht mehr gut regulieren und neigte zum Überhitzen. Das war immer eine Fitzelarbeit mit den Zimtsternen. Diese ganzen kleinen Zacken, die immer im Ausstecher hängen blieben. Einmal hatte sie Zimtherzen gebacken, weil die leichter auszustechen waren, aber die hatten Philipp nicht geschmeckt. Es mussten Sterne sein, sonst war es nicht richtig. Und Weihnachten sollte ja richtig sein, es sollte doch schön sein. Das Fest, an dem sie alle zusammenkamen, an dem alles stimmte, an dem sie eine Familie waren, an dem sie sich erinnerte an all die frühen Weihnachten, als die Kinder noch mit aufgeregt glänzenden Augen und hochroten Wangen vorm Tannenbaum standen. Ach, das war immer so schön gewesen. Dieses Staunen der Kinder! Sie konnte gar nicht verstehen, dass es Leute gab, die nicht so richtig Weihnachten feierten.

Ihr fiel ein, dass sie dieses Jahr auch nicht richtig Weihnachten feiern würde. Dieses Jahr würde sie keinen Teller zusammenstellen mit den schönsten Plätzchen für alle. Sie würde keine Kerzen anzünden und keine Weihnachtsmusik auflegen. Sie würde den Portwein nicht in die Karaffe umfüllen und nicht die kleinen Kristallgläser auf den Tisch stellen. Sie würde den Tisch nicht festlich decken. Sie würde die Gans nicht tranchieren, sie würde kein dampfendes Rotkraut in die Schüssel füllen, die Klöße würde sie auch nicht aus der Brühe fischen, und die Maronen würde sie nicht karamellisieren. Sie würde niemanden aus dem Wohnzimmer scheuchen, um die gut versteckten Geschenke aus ihrem Kleiderschrank zu holen und unter den Tannenbaum zu legen. Sie würde den Sekt nicht bereitstellen, und sie würde nicht mit dem Glöckchen klingeln. Sollten sie doch alle sehen, wie es Weihnachten ohne sie war. Sollten sie doch. Es war schrecklich, das alles an Weihnachten nicht zu tun zu haben.

Sabrina ging zu ihrem Platz im Chor und sah sich verstohlen um. Er war noch nicht da. Sie war ja auch sehr früh dran. Die anderen Sänger aus dem Chor tröpfelten erst langsam nach und nach in den Gemeindesaal. In der Türspiegelung konnte sie sich sehen. Sie sah doch ganz gut aus jetzt. Schwarz machte unglaublich schlank. Die roten Flecken in ihrem Gesicht hatten sich komplett überschminken lassen. Sie sah jetzt doch wirklich ganz gut aus. Aber sie war ein bisschen nervös. Wenn sie ehrlich war, dann war sie sogar sehr nervös. Der Engel in ihrer Tasche machte ihr zu schaffen. Wann sollte sie ihm den Engel bloß geben? Jetzt gleich, bevor sie anfingen, sich einzusingen, ganz beiläufig, so im Sinne von: Ein kleiner Weihnachtsgruß, ich hoffe, er gefällt Ihnen! Oder bedeutungsvoll, mit dem langen Blick, den sie eben vor dem Spiegel noch ein bisschen geübt hatte. Na ja, nicht richtig geübt, nur noch mal kontrolliert, dass es auch nicht zu doof aussah, wenn sie so bedeutungsvoll guckte. Schöne Feiertage, ich hoffe, wir sehen uns nicht erst nächstes Jahr wieder. Blick-Blick-Blick. Oder sollte sie lieber warten bis nach dem Gottesdienst? Wenn sie ihm den Engel vorher gab, könnte er ihn schon auspacken, sie könnte ihm die Geschichte vom Weihnachtsmarkt erzählen, sie ein bisschen ausschmücken, damit sie richtig lustig wurde, mit einer Pointe. Sie könnte ihn dann fragen, ob er nicht mal vorbeikommen wolle, so ganz beiläufig, und dann könnte er sie anstrahlen und sagen, dass es nichts gab, was er lieber täte. Und dass er es von sich aus nicht gewagt hätte, sie an den Feiertagen zu besuchen. An Weihnachten wolle man ja schließlich nur besondere Menschen um sich haben, und sie könnte sagen, eben, und genau deshalb müssen Sie kommen, und sie würden sich anlächeln. Den Rest müssten dann eben die

Engel richten. Ach, wenn die Engel ihr doch ein Mal helfen könnten. Ein Mal nur. Sie wurde weder jünger noch hübscher. Es wurde jetzt einfach langsam Zeit. Wenn er schon zu schüchtern war, den ersten Schritt zu tun, dann musste sie es eben wagen. Sie würde ihm den Engel jetzt gleich geben, bevor sie mit dem Einsingen begannen. Das bot ihnen beiden einfach mehr Möglichkeiten. O Gott, da vorne kam er. Wie dieser Mantel ihn umwehte. Sie hatte selten einen Mann gesehen, der so lässige Mäntel trug. Sie hörte ihn lachen. Bestimmt wurde er schon wieder abgefangen, von den Damen aus dem Gemeinderat, die ihm wieder irgendein Geschenk aufdrängten und ihn flirtend ansahen dabei. Oder von den jungen Puten. Er kam herein, mit wehendem Mantel und zerzaustem Haar, er grüßte fröhlich in die Runde und warf seinen Mantel lässig über einen Stuhl, der neben dem Eingang stand, rieb sich die Hände, um sie zu wärmen, und schüttelte sie aus, damit sie locker waren. Seine schlanken Hände tanzten durch die Luft. Diese schlanken Hände. Dann fuhr er mit den Fingern, mit diesen schlanken Fingern, durch seine Locken, als ob er sie ordnen wollte, ach, einmal die Finger in diesen Locken vergraben. Ihre Finger kribbelten richtig, so gerne hätte sie ihm durch die Locken gestrichen. Sie merkte, dass sie ihn anstarrte, aber sie konnte einfach nicht damit aufhören. Wie versteinert stand sie da.

Sie würde ihm den Engel später geben. Ihm den Engel später zu geben war wirklich viel besser. Nach dem Konzert war er bestimmt viel entspannter, viel mehr in Plauderstimmung, es würde sich viel leichter ein Gespräch ergeben. Ja, nach dem Gottesdienst, das war der richtige Zeitpunkt.

Er sah sich um und nickte allen freundlich zu. Gleich war es so weit. Gleich müsste sein Blick sie streifen, und ja, ganz kurz lächelte er sie an, und sie dachte, was für ein Glück, dass wir Schwarz tragen sollten. Sie würde ihm das Geschenk ganz beiläufig geben, im Gehen. Mit dem Blick-Blick-Blick. Wenn nicht gerade alle zuschauten. Das war viel besser als jetzt. Ihr Herz raste in ihrer Brust. Sie hatte das Gefühl, man müsste es von außen sehen können, und blickte kurz an sich herunter, ob ihr Herz sie verriet. Nein, nichts bebte. Von außen war alles in Ordnung.

Ach, wenn doch ein Wunder geschehen würde!

Es war schließlich Weihnachten, da passierten doch manchmal Wunder. Die Heilige Nacht war sozusagen *der* Zeitpunkt für Wunder. Wann, wenn nicht heute, sollen Wunder passieren?, dachte sie.

Er schlug einen Ton an, und sie begannen sich einzusummen, was Sabrina beruhigte, weil sie es kannte, weil sie dadurch etwas zu tun hatte und wieder das Gefühl bekam, tatsächlich Boden unter den Füßen zu haben. Festen, sicheren Steinfußboden. Keinen Watteboden.

»Wieso ist denn der Baum noch nicht geschmückt?«, Nina stand mit großen Augen im Wohnzimmer.

»Weil ihn bisher keiner geschmückt hat«, antwortete Michael.

»Und gibt's jetzt auch keine Bescherung, oder wie stellst du dir das vor?«

»Ich stelle mir gar nichts vor. Wer den Baum geschmückt haben will, schmückt ihn. Wer Bescherung machen will, macht sie. Ihr hattet gestern keinen Bock, ich auch nicht. Kein Problem! Der Baum ist doch schön so.«

»Willst du uns jetzt verarschen?« Nina war ehrlich entsetzt.

»Und was gibt's zu essen?«, brummte Olli, dem die Frage des Baumschmucks immer noch relativ egal war.

»Diese Frage wollte ich vor zwei Tagen mit euch erörtern, das fandet ihr spießig, das so früh zu planen. Das Fernsehprogramm war in dem Moment deutlich weniger spießig. Also: Hat jemand von euch inzwischen etwas eingekauft? Oder rufen wir den Pizzaservice?«

»Ist das dein Ernst?« Nina wusste nicht, was sie davon halten sollte, und sah hilfesuchend zu ihrem großen Bruder.

Olli sah seinen Vater misstrauisch an. »Du machst jetzt aber hier grad keinen Stress, oder?«

»Nein! Großes Bassisten-Ehrenwort!«, rief Michael und sprang mit zum Schwur erhobener Hand aus dem Sessel. »Ich wollte nie der blöde Alte sein, der seine Kinder zwingt, Konventionen aufrechtzuerhalten, die sie nicht interessieren. Also: Wehrt euch, seid innovativ, habt Ideen! Wir schaffen unser eigenes Weihnachtsfest. So wie es für uns gut ist. Das ist doch super. Mit grünem Baum und unspießiger Pizza.«

»Aber dann ist doch gar nicht richtig Weihnachten …« Nina schaute ihn unglücklich an.

Olli legte tröstend den Arm um seine kleine Schwester, und Michael betrachtete seine Kinder stirnrunzelnd. Erst würdigten sie ihn keines Blickes, wenn es darum ging, einen schönen Weihnachtsabend vorzubereiten, dann schauten sie ihn vorwurfsvoll an, wenn nicht alles so war, wie sie es erwarteten. Welch rätselhafte Wesen seine Kinder doch waren.

»Papa klang irgendwie komisch«, sagte Philipp, nachdem sie sich eine halbe Stunde angeschwiegen hatten. Es waren eigentlich nur noch gut hundert Kilometer bis nach Hause, aber bei diesem Wetter würde es ewig dauern, bis sie da waren. Der Stau machte jedenfalls keinerlei Anstalten, sich aufzulösen.

»Natürlich klang er komisch. Wahrscheinlich stand Mama daneben und hat mit ihm um den Hörer gekämpft. Du weißt doch, wie sie ist. Immer muss sie alles regeln.« Sanne schaltete die Scheibenwischer ein, um die dicken Flocken wegzufegen, die sich allmählich auf der

Windschutzscheibe ansammelten. Die Wischer quietschten über die Scheibe, und sie schaltete sie genervt wieder aus. »Wenn Papa den Hörer mal nicht rausgerückt hat, dann klang er komisch, weil sie wahrscheinlich auf seinem Fuß stand oder ihm den Arm umgedreht hat«, fuhr sie fort. »Um den Hörer freizupressen. Um diejenige zu sein, die immer alles zuerst weiß. Und im Griff hat. Und alles regeln kann, bevor irgendjemand anders auch nur eine Chance hat, selbst mal eine Idee zu entwickeln. Und jetzt können wir Heiligabend im Stau verbringen.« Sie schaltete die Scheibenwischer erneut ein und gleich wieder aus. Das Quietschen war unerträglich. »Hätte ich mich nur ein Mal durchgesetzt dieses Jahr. Hätte ich nur ein Mal den Mumm gehabt zu sagen, ich komme nicht. Aber nein. Sanne hat Mitleid mit Mama, die das Ereignis seit Monaten minutiös plant, und da darf ihr doch niemand einen so bösen Strich durch die Rechnung machen. Ich hab doch extra deine Lieblingskekse gebacken. Ich könnte jetzt in der Wanne liegen. Aber nein, ich steh lieber im Stau. Toll.«

»Wir hätten früher losfahren können«, warf

Philipp gelassen ein. »Dann wären wir jetzt schon da.«

»Klar. Mamis Liebling wäre bestimmt am liebsten schon gestern gefahren.«

»Stimmt. Ich finde es gemütlich zu Hause an Weihnachten.«

»Gemütlich?« Sanne sah ihren Bruder mit übertriebenem Entsetzen an. »Das ist ein Wort, das mir echt nicht einfällt, wenn wir zu Hause sind. Das ist doch purer Stress!«

»Nur für dich. Weil du ganz genauso bist wie Mama. Weil du es nicht schaffst, dich einfach mal zwei Tage zurückzulehnen, abzuschalten und dich verwöhnen zu lassen. Mach dich doch mal locker! Dann wird das alles ganz entspannt!«

»Ich! Wie Mama?! Ich glaube, jetzt schneit's dir grad ins Hirn. Und ich bin natürlich schuld. Meine Schuld, dass wir im Stau stehen, meine Schuld, dass Mama rumstresst. Danke. Danke. Netter hättest du es nicht sagen können, was du von mir hältst.«

Sanne schwieg beleidigt, und als Philipp versuchte, ihr zu erklären, was er gemeint hatte, fuhr sie ihm über den Mund, er solle einfach am allerbesten kein einziges Wort mehr sagen. Was er dann auch tat. So saßen sie schweigend im Auto, das allmählich vom Schnee zugeweht wurde.

Ab und zu schaltete Sanne den Motor aus, und wenn es zu kalt wurde, schaltete sie ihn wieder an, damit die Heizung lief. Ab und zu drehten sie das Radio an, um zu hören, wie der Stau, in dem sie standen, in die Länge wuchs. Ab und zu betätigte sie die Scheibenwischer, damit sie sehen konnten, dass es immer noch nicht voranging, was lange der Fall war. Sehr lange. Und die ganze lange Zeit schwiegen sie sich laut und beleidigt an.

»Weiß denn das Christkind auch sicher, dass wir umgezogen sind?«, erkundigte sich Julchen, als Miriam ihr den Mantel zuknöpfte. »Natürlich«, versicherte Miriam. »Das Christkind weiß alles, was wichtig ist. Es weiß, was sich die Kinder wünschen, und wenn es möglich ist, die Wünsche zu erfüllen, dann erfüllt es sie. Und es weiß auch genau, welches Kind welchen Wunsch hat und wohin es alles bringen muss. Keine Sorge. Aufs Christkind kann man sich verlassen.« Wäre das schön, sich keine Sorgen machen zu müssen, weil man ein Christkind hat, auf das man sich verlassen kann, dachte Miriam, während sie Julchen den roten Schal um den Hals band und dann selbst in ihren Mantel schlüpfte. Wäre das schön, sich geborgen zu fühlen. Und zu wissen, man bekommt, was man sich am meisten wünscht. Wäre das schön.

Sie zog die Tür hinter sich zu, und zusammen gingen sie nach draußen und machten sich auf den Weg zur Kirche, die nicht weit von ihnen entfernt war. Eigentlich mussten sie nur ein kleines Stück die Straße hinuntergehen. Miriam kannte die Kirche nicht, sie hoffte nur, dass es keine zu langweilige Predigt sein würde.

Die Glocken läuteten ihnen entgegen, als Julchens kleine Hand sich in Miriams schob. Sie hielt die Hand ganz fest. Die Luft roch nach Schnee. Wäre das schön, wenn der Wetterdienst sich geirrt hätte. Wäre das schön. Plötzlich ergriff sie eine weihnachtliche Aufregung. Das Glockenläuten, die kalte, klare Schneeluft, die ihr Gesicht angenehm kühlte, die kleine Hand in der ihren, all die Menschen, die Richtung Kirche gingen. Alles war so anders als sonst. Aber vielleicht war es auch gut. Sie näherten sich von hinten einer alten Dame, die am Stock sehr langsam Richtung Kirche ging. Es sah beschwerlich aus. Als sie sie überholten, bemerkte Miriam, dass es die alte Dame aus ihrem Haus war.

»Frau Wagner«, grüßte Miriam und blieb neben ihr stehen, »gehen Sie auch in die Kirche? Kann ich Ihnen helfen?«

»Ach, lassen Sie mal.« Frau Wagner schüttelte so vehement den Kopf, dass ihre kleinen silbernen Löckchen auf und ab wippten. »Ich bin nicht mehr so schnell. Gehen Sie nur vor, Sie müssen ja einen guten Platz ganz vorne bekommen, damit die Kleine den Tannenbaum schön sehen kann, nicht wahr? Ich komme schon zurecht. Gehen Sie nur.«

»Sollen wir Ihnen etwas freihalten? Ich halte dann nach Ihnen Ausschau und winke.«

»Das ist nett, aber ich setze mich gerne ganz hinten hin, wissen Sie, dann kann ich etwas früher hinausgehen und komme mit dem Stock nicht so ins Gedränge an den Türen.« Frau Wagner hob grüßend ihren Stock und blieb noch einen Moment stehen, um sich auszuruhen, während Miriam mit Julchen weiterging. Und einen kurzen Moment lang, zwischen den freundlich wippenden Löckchen ihrer fast unbekannten Nachbarin und dem festlichen Läuten der Glocken, hatte Miriam das Gefühl, als ob es hier eine kleine Heimat für sie geben könnte.

Die Gans war jetzt schon ewig im Ofen. Er sah auf die Uhr. Aber sie würde immer noch ziemlich lange drinbleiben müssen. Ihm war gar nicht klar gewesen, wie lange so ein Tier brauchte, um gar zu werden. Er traute sich kaum, die Küche zu verlassen, aus Angst, sie könnte plötzlich verbrennen, oder er würde nicht merken, dass sie übergossen werden musste, und sie würde deshalb strohtrocken. Nicht dass es Spaß machte, die Gans zu begießen. Es war so heiß, und er hatte furchtbar Angst, sich am Ofen zu verbrennen. Fast genauso viel Angst hatte er davor, dass ihm die Gans aus dem Ofen fiel. Sie war so groß. Aber sie sah gut aus. Da konnte man sagen, was man wollte, sie sah gut aus, und sie roch genau, wie eine Gans zu riechen hatte. Waldi würde Augen machen! Er freute sich mittlerweile richtig darauf, ihr das gebratene Tier zu präsentieren. Aber erst einmal musste alles gelingen. Die Klöße schienen einfach, da gab es eine Packung Kloßteig im Kühlschrank, mit Anleitung. Das sollte zu schaffen sein. Bis dahin waren bestimmt auch die Kinder da und könnten ihm helfen. Es kam ihm tatsächlich ein bisschen entgegen, dass Philipp und Sanne im Stau steckten. Das gab ihm noch etwas Zeit. Ob Sanne sich in der Küche so gut auskannte wie die Kleine von unten? Er öffnete das Küchenfenster, damit ein wenig frische Luft hereinkam, und beschloss, sich das Rotkraut vorzunehmen. Wie machte Waldi bloß das leckere Rotkraut? Er schaute vorsichtshalber noch mal in der Speisekammer nach, ob es nicht doch ein Glas fertiges Rotkraut gab. Nichts. Er wusste nur, dass er es klein schneiden musste, dass es lange kochen musste, dass man manchmal auf eine Nelke biss, was er überhaupt nicht mochte, und dass es auch Apfelrotkohl gab. Ob das hieß, dass man einen Apfel mitkochen musste? Er begann, dem Krautkopf mit einem Messer zu Leibe zu rücken. Dabei vergaß er fast die Gans im Ofen und schnitt sich dreimal, zum Glück nie so tief. Als er fertig war, lagen überall Würfel und dicke Streifen und kleine Fitzel und auch feine Streifen, die so aussahen, wie sie aussehen mussten. Auf dem Schneidebrett auf dem Tisch, auf dem Boden, überall war Rotkohl, und seine Hände waren lila, und wie könnte es jetzt bloß weitergehen? Er setzte sich erschöpft an den Küchentisch. Das war alles äußerst anstrengend. Ihm war nach einem großen Portwein. Er stand wieder auf und ging ins Wohnzimmer, um die Flasche von dort zu holen. Als er durch die Tür trat, fiel es ihm mit einem Riesenschreck wieder ein: Der Baum war überhaupt noch nicht geschmückt! Jetzt könnte Waldi eigentlich langsam aus dem Bad kommen, dachte er. Irgendwie fand er, dass es jetzt reichte. Ja, genauso war es, es reichte jetzt.

Herr Eberling warf einen Blick auf seine Armbanduhr. Kurz vor sechs. Zeit für das Abendessen. Sorgfältig faltete er die Zeitung zusammen, in der er gerade das Fernsehprogramm für den Abend studiert hatte, und legte sie beiseite. Er hatte seine festen Regeln. Um sechs Uhr gab es Abendessen. Als er in die Küche trat, schaute er nach oben auf die Uhr, die schon immer über der Tür hing, um die Zeit mit seiner Armbanduhr zu vergleichen. Die Zeiten stimmten.

Er ging zur Speisekammer und zählte fünf kleine Kartoffeln in den Topf, die er sorgfältig wusch. Es war zwar keine Erde mehr daran, aber man konnte ja nie wissen, wer die bereits angefasst hatte. Und wenn er an die Gestalten dachte, die im Supermarkt so herumliefen, wusch er sie lieber noch ein drittes Mal. Er gab etwas Salz zu dem Wasser, das die Kartoffeln gerade bedeckte, setzte den Deckel auf und stellte die Eieruhr auf zwanzig Minuten. Dann nahm er den Heringssalat aus dem Kühlschrank, damit er zum Essen nicht mehr ganz so kalt war, und öffnete die Flasche Wein, die in der Speisekammer lag. Ein Riesling, und bestimmt kein schlechter, er hatte ja auch genug gekostet. Er trank nicht gerne ausländischen Wein. Am liebsten mochte er einen heimischen Tropfen, aus Weinbergen, die er kannte. Früher hatte er oft bei der Lese geholfen. Als Schüler hatten sie sich damit immer etwas Taschengeld verdient, mit der halben Klasse waren sie während der Leseferien, die es in den Weinanbaugebieten damals noch gab, in die Weinberge gezogen, und auch später hatte er geholfen, wann immer es ging, vor allem, um ein warmes Essen zu bekommen. Bei den Winzern wurde immer gut gekocht. Damals war es den Leuten auf dem Land sowieso besser gegangen als in der Stadt. Vielleicht war es heute ja auch noch so. Er war seit Jahren nicht mehr auf dem Land gewesen. Was sollte er da auch. Eigentlich, dachte er, könnte er auch schon vor dem Essen probieren, wie der Wein schmeckte. Er holte ein Weinglas aus der Vitrine im Esszimmer und schenkte sich ein. Sie hatten noch die alten Römer mit dem goldbraunen Fuß und den eingravierten Weinranken, die es schon fast nicht mehr gab, seit sie im Rheingau beschlossen hatten, neue Flaschen und neue Gläser zu erfinden. Was für eine Schnapsidee. Die neuen Gläser hatten einen Fuß in einem billigen Blau, lagen überhaupt nicht mehr gut in der Hand und sahen aus wie aus dem Supermarkt. Er nahm sein Glas, setzte sich ins Wohnzimmer und schaltete den Fernseher an.

Seit er dieses Pastorat übernommen hatte, war die Kirche nie so voll gewesen wie heute. Alle Holzbänke waren bis auf den letzten Platz besetzt, hinten und an den Seiten standen sogar noch etliche Menschen, die keinen Sitzplatz mehr gefunden hatten. Alle waren gekommen, alle hörten ihm zu. Auf dem Weg vom Pfarrhaus in die Kirche hatte er einige Male tief durchatmen müssen, um die Bangigkeit in seiner Brust zu vertreiben. Wenn die Kirche heute halb leer blieb, weil man ihm doch noch keinen Weihnachtsgottesdienst zutraute, wenn Leute gingen, weil sie es nicht gut fanden, wovon er sprach, wenn, wenn, wenn … Er hörte die weihevolle Stimme seines Vaters, die er auch heute nicht imitieren würde, von der Kanzel tönen, auf die er auch heute Abend nicht steigen würde. Er hatte seinen Gott um den Beistand gebeten, den er brauchte, und sich gut gefühlt, als er die Kirche betrat. Sie war heute lebendig und flüsterte ihm auch jetzt ihre Botschaften zu, aus scharrenden Füßen und murmelnden Stimmen, aus Räuspern, raschelnden Mänteln und dem kurz aufklingenden Rufen kleiner Kinder, die von ihren Eltern mit einem schnellen Zischen beruhigt wurden. Seine Stimme klang anders in dem vollen Raum, eingebettet in all die anderen Geräusche. Er fand, dass sie nach Weihnachten klang.

»Es ist die schönste Nacht des Jahres für die Kinder und für all die, die sich fühlen können wie

Kinder, die sich beschenkt fühlen, weil sie umgeben von Liebe und Wärme im Glanz des Weihnachtsfestes stehen. Und es ist eine traurige Nacht für all jene, die sich nicht beschenkt fühlen können, weil ihnen etwas genommen wurde, was ihnen lieb war, und glauben, nichts mehr erwarten zu können. Aber hier steht der Weihnachtsbaum. Für alle. Für die Traurigen und die Fröhlichen. Wir haben ihn heute Morgen noch geschmückt, ich musste dazu auf die ganz große Leiter, da braucht man Gottvertrauen, sage ich Ihnen! Aber zum Glück ist es ja gut gegangen, und nun haben wir hier einen schön geschmückten Baum, der uns etwas erzählt, wenn wir zuhören.

Die Nächte sind in dieser Zeit lang und dunkel. So lang und dunkel, dass wir manchmal befürchten, es würde nie mehr richtig hell. Und in einer der längsten Nächte des ganzen Jahres steht der Weihnachtsbaum in unserem Wohnzimmer, voller Kerzen und Lichter steht er da und vertreibt die Dunkelheit für uns. Genau dann, wenn wir Licht am nötigsten brauchen, ruft er uns zu: Hab keine Angst! Es wird wieder Morgen, es wird wieder hell! Denk immer an das Licht! Und daran, dass es immer wieder hell wird, nach jedem Dunkel, das wir durchschreiten müssen, weil es einmal Nacht geworden ist in unserem Leben und wenn sie nicht zu enden scheint. Es wird ein neuer Morgen kommen, und es wird Licht sein am Himmel und im Herzen.«

Woher kennt er mich?, dachte Miriam. Woher weiß er, wie es mir geht? Woher weiß er, welchen Trost ich brauche? Miriam, die in Kirchen grundsätzlich misstrauisch war, weil man nie wissen konnte, was der Pfarrer vorne anstellte, hatte das Gefühl, dass dieser Pfarrer direkt zu ihr sprach. Manchmal dachte sie sogar, er würde sie anschauen. Es war ein relativ junger Pfarrer, und er war irgendwie anders. Er sprach so direkt, so gar nicht von oben herab in diesem weihevollen Singsang, den sie anscheinend alle in der Grundausbildung schon lernten. Meistens war es ihr peinlich, wenn Pfarrer so sprachen, und es war ihr fast körperlich unangenehm zuzuhören, ob und was überhaupt gesagt wurde. Doch dieser Pfarrer sprach anders. Sie hatte das Gefühl, dass er etwas sagte, was genau für sie bestimmt war, und die Worte fielen in sie hinein wie die kleinen

Lichtpunkte, die den Weihnachtsbaum neben dem Altar schmückten.

»Und ist es nicht eine triste Zeit im Jahr! Kein grünes Blatt ist mehr an den Bäumen, keine Farben mehr in der Natur. Wenn ich im Winter die kahlen Bäume sehe, dann kann ich mir nicht vorstellen, dass sie jemals wieder Blätter bekommen werden. Es ist so unwahrscheinlich, fast habe ich vergessen, wie sie mit ihren Blättern eigentlich aussehen. Geht Ihnen das nicht auch so? Es scheint schier unmöglich, dass aus diesen kargen Ästen neues Grün sprießt. Und doch wissen wir, es wird passieren. Und genau in diesen kahlen Tagen prangt dieser Baum für uns in üppig frischem Grün, das nie vergeht. Hallo, sagt uns der immergrüne Baum, hallo, du spürst es vielleicht grade nicht, aber es gibt Liebe auf der Welt. Immer!

Man hat solche Tage, da will man nicht mehr mitmachen. Weil es dunkel ist, weil es kalt ist, weil schlimme Dinge passieren, weil Bäume ihre Blätter verlieren, weil Menschen ihre Liebsten verlieren. Weil sie trauern müssen und leiden. Und wenn dann auch noch Weihnachten ist und der ganze Rest der Welt glücklich strahlt, dann will man ja eigentlich erst recht aufgeben und denkt: Alles, nur nicht auch noch das. Nicht auch noch Weihnachten! Aber wissen Sie, an so einem Tag benötigt man den Weihnachtsbaum eigentlich am allermeisten. Weil er uns an all das erinnert, was wir brauchen, und weil er uns verspricht, dass wir es wiederfinden: das Paradies. Der Baum mit seinem Licht, mit seinem immergrünen Kleid und vor allen Dingen mit den roten Äpfeln, die wir daran hängen. Alle roten Weihnachtskugeln sind Paradiesäpfel. Eine ganze wundervolle Nacht lang spielen wir Paradies. Wir schlemmen! Wir erfüllen Wünsche, wir beschenken uns, wir sind gut zueinander! Alles ist wunderbar geschmückt! Und auch wenn unsere Heilige Nacht dieses Jahr ganz anders ist, oder wenn wir denken, dass Weihnachten nie mehr so sein wird, wie es einmal war – der Weihnachtsbaum sagt es ganz deutlich: Hab Hoffnung, es kann alles wieder gut werden. Es gibt ein Paradies, und du darfst niemals aufhören, es zu suchen. Es wartet auf dich!

Und falls jemand dieses Jahr noch keine roten Kugeln am Baum hat oder noch einen Paradiesapfel mitnehmen möchte, dann kann er sich beim

Hinausgehen aus dem großen Korb einen Apfel nehmen und ihn zu Hause an den Weihnachtsbaum hängen, als kleine Erinnerung an das Paradies, das wir irgendwann wiederfinden werden.«

»Nehmen wir uns auch einen Apfel mit, Mama?«, fragte Julchen, als sie beim Hinausgehen Miriams Hand nahm.

»Ja«, sagte Miriam, »wir nehmen einen Apfel mit, und du suchst uns den schönsten aus.«

Julchens Wangen waren ganz rot vor Aufregung, und ihre Augen glänzten, und Miriam lächelte. Sie würden zu zweit Paradies spielen, obwohl sie gedacht hatte, sie wären daraus vertrieben worden. Aber dieser Pfarrer hatte ihr Hoffnung gemacht. In der dunkelsten Nacht strahlte der Lichterbaum, und es würde wieder hell werden. Irgendwann. Sie würde vielleicht irgendwann den Eingang wiederfinden.

Gregor schritt durch die Reihen nach vorne zum Ausgang, um sich an die Türe zu stellen und seinen Gemeindemitgliedern ein frohes Fest zu wünschen. Viele seiner Kollegen machten das nicht mehr, vor allem an Weihnachten nicht, wenn die Bänke voll waren mit Leuten, die sonst nie in die Kirche kamen. Aber er mochte das. Sein Vater hatte es immer so gemacht in seinem Pastorat, und er würde es genauso machen. Es war nicht immer leicht, wenn man als Sohn beruflich in die Fußstapfen seines Vaters trat, alles ganz anders machen wollte und dann auch wieder nicht. Und dazu noch Gott als Chef hatte und damit gleich zwei große Väter, die einem sagten, was zu tun war. Der Abschiedsgruß gehörte für ihn jedenfalls dazu. Er würde viele Hände schütteln und in viele fremde Gesichter sehen. Und irgendwann würden sie alle vertraut sein.

Der Korb mit den Äpfeln stand neben ihm, und während er Hände schüttelte und »Gesegnete Weihnachten« und »Frohe Weihnachten« sagte, immer wieder und wieder, und jeden dabei ansah, leerte sich der Korb allmählich. Er freute sich darüber, dass seine Predigt angekommen war, dass heute Abend jeder, der hier war, an die Verheißung denken würde, mit einem roten Paradiesapfel am Baum. Eine Frau mit dunklen Locken sah ihn an, als er ihr die Hand schüttelte und »Frohe Weihnachten« wünschte. Sie war blass und schön, und sie sah ihm direkt in die Augen.

Ihr Blick traf ihn so unmittelbar, dass er plötzlich nicht mehr wusste, wo er war. Erst als sie zur Seite blickte, erwachte er wie aus einer kurzen Trance und wandte sich rasch an das Mädchen mit dem roten Schal, das sie an der Hand hielt. »Nimm dir auch einen Apfel!«, ermutigte er sie. Als die Kleine ihn anstrahlte und sich einen Apfel aus dem Korb nahm, lächelte die Frau ihn mit traurigen Augen an. »Ich danke Ihnen sehr. Und auch Ihnen frohe Weihnachten.«

So eine hübsche Frau. Wie man zu so dunklen Haaren nur so helle Augen haben konnte. Und wie war es möglich, dass jemand gleichzeitig so freundlich lächelte und dabei so traurig aussah. Er hatte sie noch nie gesehen in der Kirche. Seine Predigt war heute doch gut gewesen, vielleicht würde sie wiederkommen. Hoffentlich. Er hätte gerne gewusst, warum sie traurig war.

Waltraud wusste nicht, wohin. Im Bad wollte sie nicht mehr bleiben. Achim hatte jetzt schon fünfmal geklopft, weil er auch mal ins Bad musste. Dringend, wie er sagte. In die Küche wollte sie erst recht nicht. Da hantierte er, den Geräuschen nach zu schließen, ordentlich herum, der neue Koch. Da wurde sie nicht mehr gebraucht. So schnell ging das anscheinend. So schnell konnte man ersetzt werden. Nein, die Küche würde sie nicht mehr betreten. Nie mehr. Es gab ja jetzt den neuen Koch.

Und im Schlafzimmer war es nach dem Baden zu kühl. Dort heizten sie schließlich nie, und sie würde sich erkälten. Sie würde krank werden und im Bett liegen müssen. Sie würde sich eine Lungenentzündung holen und wahrscheinlich daran sterben. Das wäre vermutlich auch das Beste. Es brauchte sie ja doch keiner mehr. Man hatte sie ausrangiert. Weihnachten fand jetzt ohne sie statt. Sie fühlte sich elend.

Eigentlich könnte das Leben genauso gut ohne sie stattfinden. Sie war so einfach zu ersetzen! Ihr ganzes Leben hatte sie mit Beschäftigungen verbracht, die ganz leicht von anderen auszuführen waren. Ein Leben voller Gänse braten, Marmelade kochen, Socken zusammenlegen und Silber polieren, Hemden bügeln und Blumen gießen. Ein Leben voll kleiner, unwichtiger, vollkommen ersetzbarer Nichtigkeiten. Was hatte sie gemacht aus ihrem Leben? Nichts. Sie hatte nie richtig gearbeitet, nie ihr eigenes Geld verdient. Wenn sie sie jetzt nicht mehr brauchten hier, würde sie noch nicht mal alleine zurechtkommen. Was konnte sie schon? Nichts. Sie war nichts wert, sie war so einfach und schnell zu ersetzen. Was sie konnte, konnte jeder. Es war bitter. Was für ein vergeudetes Leben.

Sie ging ins Wohnzimmer und setzte sich auf das Sofa. Der Baum stand noch immer ungeschmückt an seinem Platz. Es war ihr eine kleine Genugtuung, dass es Achim eben doch nicht so perfekt gelang wie ihr. Als er das Wohnzimmer betrat, schaltete sie betont gleichgültig den Fernseher an.

»Ach, Waldi«, seufzte er und setzte sich neben sie. »Ich finde, jetzt reicht's. Du hattest deine Ruhe, aber bitte sei jetzt wieder normal. Es ist doch Weihnachten. Die Gans ist im Ofen, du musstest dazu überhaupt nichts tun, aber ich komme jetzt nicht mehr zurecht.«

»Ach«, erwiderte sie spitz. »Dann ist es also doch nicht so einfach, was die blöde Waldi immer so macht.«

»Das hat doch überhaupt niemand behauptet. Du bist doch diejenige, die sich einfach in die

Wanne gelegt hat und mich alleine hat stehen lassen! Ich versuch doch nur –«

»Ach, dann bin ich jetzt also auch noch an allem schuld«, fiel sie ihm aufgebracht ins Wort. »Ist es jetzt etwa meine Schuld, dass der Baum nicht geschmückt ist und dass Weihnachten anscheinend ausfällt und mich niemand mehr braucht? Gut zu wissen«, schnaubte sie. »Gut zu wissen!«

»Also, dir kann man es aber auch gar nicht recht machen. Was willst du denn nun eigentlich? Wenn du es wieder weißt, kannst du es mir ja sagen. Ich kümmere mich so lange um das Essen!« Wütend verließ Achim das Wohnzimmer.

Was wollte sie eigentlich? Sie wusste es wirklich nicht. Dass alles so war wie immer, das wollte sie. Dass es weihnachtlich war. Dass der Baum geschmückt war. Dass alle sagten: Hmmmm, wie das duftet, ich hab so einen Hunger! Dass Achim strahlte und sagte, er habe sich das ganze Jahr auf diese Gans gefreut. Dass Sanne brummelig guckte und fragte, ob man denn nicht auch mal etwas Leichteres essen könne an Heiligabend, worauf Philipp sie in die Rippen zwickte, bis sie lachen musste und dann doch ganz ordentlich zulangte, obwohl sie hinterher wieder stöhnte und immer das letzte Wort haben musste. Dass Philipp, obwohl er pappsatt war, noch die Dose mit den Zimtsternen suchte und ihr dann einen Kuss auf die Wange drückte, der nach Zimt roch und ein bisschen nach früher, als er klein war, auch wenn sein Kuss jetzt manchmal recht kratzig war und neben Zimt nach Mann und Rasierwasser roch. Was war er für ein süßer Junge gewesen, als er klein war. Lächelnd erhob sie sich, um, in Erinnerungen versunken, die Dose mit den Zimtsternen zu holen. Als sie den Deckel abnahm und ihr der Zimtduft in die Nase stieg, tat ihr die Süße, die darin lag, richtiggehend weh. Dieses Jahr würde alles nicht so sein. Es würde nie mehr so sein, es war vorbei. Sie hatte sich alles kaputtgemacht. Ihr ganzes Leben war nutzlos geworden. Ein nutzloses, nichtiges Leben. Was hatte sie schon vollbracht? Sie hatte keinen Beruf, sie hatte keine Aufgabe, sie hatte nichts getan, um die Welt zu verbessern, sie hatte nichts erfunden und nichts bewegt. Zimtsterne hatte sie gebacken. Gekocht und geputzt und die Wäsche gemacht. Sie hatte Kinder erzogen und Zimtsterne gebacken. Sie nahm einen Zimtstern nach dem anderen aus der Dose und brach ihnen allen die Zacken ab. Zacken für Zacken schob sie sich in den Mund und spülte die Krümel mit dem Portwein hinunter, der auf dem Tisch stand. So eine Mühe hatte sie sich mit diesen Zacken gegeben. So eine Mühe. Vorbei, vorbei. Vorbei und kaputt. Philipp würde enttäuscht sein. Aber nicht so enttäuscht wie sie selbst. Lange nicht. Sie nahm noch einen großen Schluck Portwein.

Als sie aus der Kirche traten, war ein Wunder passiert. Hunderte dicker weißer Flocken tanzten lautlos vom Himmel herab. Sanft und unaufhaltsam fielen sie und hüllten alles in glitzerndes Weiß. Die Straßen, die Autos, die Äste der Bäume, die Büsche am Straßenrand, die Dächer der Häuser, die Balkonvorsprünge, selbst die kleinsten Fenstersimse, alles trug eine weiße Mütze. Die ganze Welt war in ein reines, duftiges Weiß gehüllt. Julchen hüpfte ausgelassen um Miriam herum. »Es schneit!«, rief sie. »Guck mal, Mama, es schneit! Guck mal!« Miriam schaute nach oben. Flocken tanzten aus großer Höhe auf sie herab, um sie herum, in einem weißen, wirbelnden Flockentanz. Es war wundervoll. Schnee. Sie spürte, wie die Flocken zart ihr Gesicht berührten und darauf schmolzen wie winzige, kühle Küsse. Julchen stand neben ihr und hielt ebenfalls das Gesicht nach oben. Ausgelassen streckte sie ihre Zunge ganz weit heraus, um die Schneeflocken zu fangen. Sie hielten sich fest an der Hand und standen eine Weile einfach so da, um sich von den Flocken umwirbeln zu lassen, geborgen inmitten dieser weißen Welt. Die Flocken stoben um sie herum, als plötzlich die Glocken zu läuten begannen. Die Dunkelheit war heller, durch dieses besondere Licht, das nur frisch fallender Schnee schaffen kann. Miriam atmete den klaren Geruch von Schnee und spürte, wie ein Lächeln in ihr aufstieg. Schnee. Es schneite tatsächlich.

Als Rosa nach Hause kam, war sie völlig außer Atem und musste sich noch im Mantel und mit Schnee an den Schuhen erst einmal auf einen Küchenstuhl setzen. Sie bekam nicht richtig Luft. Das kannte sie schon. Es war unangenehm. Es war so eng in der Brust. Wo war denn nur ihr Spray?

Sie kramte in ihrer Handtasche und fand die kleine Flasche mit dem Nitrospray. Nachdem sie sich etwas in den Mund gesprüht hatte, wurde es langsam besser. Sie blieb noch einen Moment sitzen, bis sie sich traute, sich wieder zu bewegen, und sich langsam bückte, um die Schuhe auszuziehen.

Als sie aus der Kirche getreten war und den Schnee gesehen hatte, hatte sie dem Herrgott gedankt, dass er ihr noch ein weißes Weihnachtsfest bescherte auf dieser Welt. Sie hatte gebetet, dass er sie bald holen möge, und nun schien es ihr, als hätte er sie erhört. Der Nachhauseweg war anstrengend gewesen. Es war ja wirklich nicht weit, aber ihr fielen alle Strecken schwer, und sie hatte Angst gehabt zu fallen, weil es so glatt war, dass auch ihr Stock manchmal wegrutschte und ihr nicht die gewohnte Sicherheit gab. Ganz langsam war sie gegangen. Einmal war sie an einem Straßenschild stehen geblieben, hatte sich festgehalten, um nach oben zu schauen, in das himmlische Flockentreiben. Es wäre schön, jetzt einfach umzukippen, hatte sie gedacht, das alles nicht mehr zu spüren und dann als Seele durch die Schneeflocken in den Himmel zu fliegen. Das wäre ein schöner Tod.

Sie stand langsam auf und legte den Mantel ab. So richtig gut fühlte sie sich nicht. Ihr war schwindelig und noch immer etwas eng in der Brust. Sprühen Sie ruhig, hatte der Arzt gesagt, das macht nichts, wenn Sie einmal zu viel sprühen, wichtig ist, dass Sie sich besser fühlen. Sie sollte vielleicht wirklich noch einmal sprühen. Der Geruch ekelte sie manchmal, aber es wurde ihr doch ein bisschen wohler davon. Nachher würde sie sich etwas zu essen machen, aber im Moment hatte sie keinen Appetit. Sie setzte sich in ihren Sessel, zündete eine Kerze an und sah aus dem Fenster, wie die Flocken im Schein der Straßenlaterne langsam herabfielen. Ihr schien es, dass sie immer dichter fielen, jetzt bedeckten sie sicher schon alles. Alle Wege, alle Bäume und Büsche. Und auch das Grab auf dem Friedhof, in dem Albert und Lissi für immer ruhten, würde jetzt schon eine weiße Decke tragen. Und bald würde sie auch dort liegen, unter einer weißen Decke. Hoffentlich tat es nicht so weh, das Sterben. Sie hatte Angst, dass es so sein würde wie vorhin, so eng in der Brust und immer enger, bis sie kläglich ersticken müsste. Wenn sie nur einen gnädigen Tod sterben könnte. Vielleicht einfach einschlafen und nicht mehr aufwachen. »Lieber Gott«, betete sie, »du hast mich oftmals nicht erhört. Dies ist meine letzte Bitte. Lass mich einfach einschlafen, wenn du mich zu dir holst. In dein Reich und die Ewigkeit. Amen.«

Julchen saß in ihrem Zimmer und wartete. Warten war das Langweiligste überhaupt auf der ganzen Welt. Jetzt hatte sie schon den ganzen Tag warten müssen, dass es endlich Abend wurde. Und nun war es endlich Abend, und sie musste schon wieder warten, bis Mama das Christkind gesehen hatte und sie endlich, endlich ins Weihnachtszimmer rief, das schon den ganzen Tag verschlossen war. Mama öffnete immer nur mit ihrem geheimnisvollen Gesicht die Tür, schlüpfte kurz hinein und wieder heraus, und sie durfte keinen einzigen winzigen Blick hineinwerfen. Aber sie hatte heute zweimal hineingelugt. Das heißt, sie hatte es zweimal versucht, hineinzuschauen. Es hatte nur nicht so richtig geklappt. Das erste Mal zählte eigentlich auch gar nicht, denn da war Mama gleich wieder aus der Küche gekommen, als sie gerade ihr Auge ans Schlüsselloch gedrückt hatte, und sie hatte ganz schnell weggehen müssen. Gesehen hatte sie nichts. Beim zweiten Mal war Mama nicht gekommen, aber ihr Herz hatte vor Aufregung plötzlich so laut geklopft. Und dann hatte sie mit einem Mal Angst gehabt, dass das Christkind sie vielleicht gerade jetzt sah und dass das Christkind dann am Ende gar nicht mehr zu ihnen kommen würde. Das durfte nicht passieren. Weihnachten war dieses Jahr sowieso schon so anders als sonst.

Letztes Jahr hatte sie in ihrem Zimmer mit Papa zusammen gewartet. Und er hatte Witze mit ihr gemacht, während Mama im Wohnzimmer aufgepasst hatte, ob das Christkind kommt, um ihnen gleich Bescheid zu sagen. Heute war niemand da, um Witze mit ihr zu machen. Mama und sie, sie waren zu zweit, und deshalb musste sie alleine warten. Zwei waren doch für Weihnachten viel zu wenig. Und der liebe Gott schien auch nicht so richtig weiterzuwissen. Seit sie ihn gestern vor dem Einschlafen gebeten hatte, ihr zu helfen, war nichts passiert. Ob das Christkind jemanden mitbringen würde? Julchen war sich unsicher, ob sie sich darauf wohl verlassen konnte. Vielleicht wäre es besser, wenn ihr selbst noch etwas einfiele? Nur was? Wer könnte wohl zu ihnen kommen heute Abend?

Sie ging zu ihrem Schrank, um das Geschenk für Mama herauszuholen und nachzusehen, ob es noch schön verpackt war. Es lag in der Schublade zwischen ihren Strümpfen. Vorsichtig kramte sie es hervor und begutachtete ihr Werk. Die Schleifen waren alle noch ganz. Zum Glück konnte sie schon Schleifen binden, das konnten nämlich noch lange nicht alle im Kindergarten. Sie hatte das Bild von den Spatzen zu einer kleinen Rolle gedreht, die von lauter bunten Bändchen zusammengehalten wurde. Julchen zog die große blaue Schleife etwas fester, weil sie locker geworden war, und dachte an ihre Spatzen in dem Haselstrauch. Und dann hatte sie plötzlich eine Idee.

Gregor hatte lange vorn am Eingang gestanden und viele, viele Male frohe Weihnachten gewünscht und gesegnete Weihnacht und ein frohes Fest und hatte alle Hände geschüttelt, während vom Kirchturm über ihm die Turmbläser wie jedes Jahr Weihnachtslieder spielten. Er war stehen geblieben, bis alle die Kirche verlassen hatten. Der Korb mit den Äpfeln war leer. Ihm war festlich zumute. Als er in die Sakristei ging, ertappte er sich dabei, dass er lächelte. Seine erster Weihnachtsgottesdienst war schön gewesen. Er wusste nicht, ob er seinem Vater gefallen hätte. Und auch jenem Vater, von dem er manchmal so wenig verstand, obwohl er ihn so unaufhaltsam suchte. Ihm selbst hatte der Gottesdienst gefallen.

Die Sakristei war leer, als er sie betrat. Er hatte so lange an der Kirchentür gestanden, dass der Chor schon weg war. Eigentlich hatte er allen Sängern danken wollen. Auch dem Chorleiter, der ja wirklich ein wichtigtuerischer Schnösel war, was für ein Casanova vor dem Herrn! Aber was er in kurzer Zeit aus dem Chor gemacht hatte, war beeindruckend. Er würde sich später bedanken, vor der Christmette, wenn sie hier wieder alle zusammenkamen. Den Wein hatte er schon im Schrank zurechtgestellt, es war Tradition, hatte man ihm gesagt, dass der Pfarrer an Weihnachten nach der Christmette den Chor einlud. Zu Wein und Käse. Der Käse roch noch zu Hause in seinem Kühlschrank still vor sich hin. Er hatte ihn noch nicht mitbringen wollen, damit die Sakristei nicht nach Käse stank.

Vorne lag etwas Rotes, da hatte jemand offensichtlich etwas geschenkt bekommen und das Papier liegen lassen. Als er näher kam, sah er, dass in dem Papier auch etwas lag. Ein Engel aus Holz. Es war ein sehr schöner Engel. Zierlich. Sehnsuchtsvoll. Dem Himmel verbunden, schien es ihm. Als Gregor ihn in die Hand nahm, war er viel schwerer, als er gedacht hatte. Er wollte ihn nicht gerne einfach in dem Raum liegen lassen. Zwar glaubte er nicht, dass es an Weihnachten Engelsdiebe gab, aber man wusste ja nie. Er würde ihn an sich nehmen und zur Christmette wieder mitbringen. »Komm, Engel«, sagte er, als er ihn in seine Manteltasche steckte. »Ich pass solange auf dich auf. Oder du auf mich.«

Er löschte das Licht und trat hinaus in die Nacht, die im leise fallenden Schnee wie verzaubert aussah. Die Flocken tanzten in der Stille aus dem hohen Dunkel des Himmels herab und legten sich sanft auf alles, was sie berührten. Er würde ein wenig durch seine Pfarrei laufen, in die Fenster schauen, ein paar Weihnachtsbäume sehen, herausfinden, ob es noch Bäume mit Kerzen gab oder ob überall die elektrischen Kerzen und Lichterketten an den Bäumen hingen. Gregor ging die Straße hinauf, schlenderte an den Jugendstilfassaden entlang, und seine Füße hinterließen knirschend Abdrücke im Schnee. Er war glücklich. Die Luft roch so rein und frisch, die vielen Lichter aus den Wohnungen umglänzten ihn, und er wollte immer weiter laufen und sich seinem Viertel verbunden fühlen und allen Bewohnern, auch der Frau, die ihn angeschaut hatte mit ihren traurigen Augen – wo sie wohl wohnte und ob sie wohl Kerzen an ihrem Baum hatte? Ihm war plötzlich wie früher, als er noch ein Junge war und vor Aufregung zappeln musste, bis es endlich Heiligabend wurde. Mit einem Mal bedauerte er, selbst keinen eigenen Weihnachtsbaum zu haben. Er hatte gedacht, die Bäume in der Kirche wären genug, da benötigte er nicht auch noch einen privaten Baum für sich zu Hause. Außerdem besaß er keinen Schmuck. Aber nach seiner eigenen Predigt schien es ihm, als ob der Tannenbaum mit seinen Lichtern und den roten Kugeln notwendig war, um Weihnachten zu fühlen. Er erinnerte sich an seine Kindheit. An das Kerzenlicht, das das Wohnzimmer in eine ganz andere Stimmung tauchte, so wie es sonst das ganze Jahr über nie war. Dieses Schimmern von vielen Kerzen. Dieses Weihnachtslicht. Dieser warme Glanz. Bei ihm im Pfarrhaus gab es diesen Glanz nicht. Das Päckchen von seinen Eltern würde er neben dem Adventskranz auspacken und dann ein Glas Wein trinken. Nächstes Jahr würde er einen Baum aufstellen. Er sehnte sich plötzlich so sehr nach einem Tannenbaum, dass ihm ganz weh ums Herz wurde bei den vielen Lichtern, die ihn aus allen Fenstern anstrahlten.

Als er stürzte, schossen ihm Tränen in die Augen. Nicht, weil es so wehtat. Es tat verdammt weh. Aber er hatte noch nie eine Träne vergossen, nur weil ihm etwas wehtat. Die Tränen schossen ihm in die Augen, weil er sich plötzlich wünschte, jemand würde ihn aufheben und unter einen Lichterbaum setzen.

Rosa stand am Fenster und sah, wie jemand auf dem verschneiten Bürgersteig ausrutschte und hinfiel. Sie musste ganz kurz ein ganz klein bisschen lachen, weil der Mann genau so hinfiel, wie man in Komödien hinfiel. Die Beine rutschten mit Schwung nach vorne, und der Mann landete gänzlich unsanft auf seinem Allerwertesten. Das tat bestimmt schrecklich weh. Der Ärmste. Hoffentlich hatte er sich nicht zu schlimm verletzt. Sie öffnete das Fenster, um besser hinausschauen zu können. Er stand gar nicht auf. Was, wenn er sich etwas gebrochen hatte? Vielleicht sollte sie Hilfe holen? Sie lehnte sich aus dem Fenster und wollte gerade »Hallo« rufen, da sah sie den jungen Mann von nebenan mit einem Tannenbaum den weißen Weg entlangkommen. Er zog den Baum hinter sich her und hinterließ damit eine breite Spur im Schnee, der schon einige Zentimeter hoch lag. Er ging recht vorsichtig, es war inzwischen anscheinend sehr glatt draußen. Sie war froh, dass sie zu Hause war, obwohl die Luft herrlich roch, nach Schnee und Winter, so sauber und klar, dass sie lächeln musste. Der junge Mann beugte sich zu dem Mann im Schnee hinunter, legte den Baum beiseite und streckte ihm eine Hand hin. Der Mann ergriff sie, aber er kam nicht hoch. Er verzog das Gesicht, bestimmt hatte er ziemliche Schmerzen. Na, wenn da mal nichts gebrochen ist, dachte Frau Wagner. Der junge Mann schaute auf und entdeckte sie an ihrem offenen Fenster. »Ich glaube, wir brauchen Hilfe!«, rief er ihr zu.

»Das Christkind war da!« Miriam öffnete die Tür zu Julchens Zimmer und wollte ihr gerade eine Hand entgegenstrecken, als sie merkte, dass das Kinderzimmer leer war.

Sie hatte den roten Apfel aus der Kirche an den Baum gehängt, alle Päckchen unter den Tannenbaum gelegt und die Lichter angezündet. Es war ein richtiges Weihnachtszimmer. Es sah genau so aus, wie es an Weihnachten aussehen musste. Nun fehlte nur noch Julchen, und die Bescherung konnte beginnen.

Miriam schaute in jedes Zimmer.

Alle waren leer.

»Julchen?!«, rief sie laut.

Wo war das Kind bloß?

Als es klingelte, stand Herr Eberling unwillig auf und ging zur Tür. Wer war das denn? Und auch noch mitten am Heiligabend. Das war ja eigentlich eine Unverschämtheit, jetzt belästigt zu werden. Na, wer immer das war, dem würde er die Meinung sagen. »Unverschämtheit«, murmelte er vor sich hin, während er in seinen Pantoffeln zur Tür schlurfte und ein unfreundliches »Was gibt es?« in die Gegensprechanlage brummte. Statt einer Antwort klopfte es leise gegen die Tür. Er riss sie auf, und es dauerte einen Moment, bis er sah, wer davor stand. Denn er musste seinen Blick ein wenig senken, um das kleine Mädchen zu bemerken, das im roten Samtkleid vor ihm stand und ihn anstrahlte.

»Hallo, Herr Griesgram«, sagte das kleine Ding. Hatte er da richtig gehört? Hatte dieses freche Gör ihn tatsächlich Herr Griesgram genannt? Er wollte schon losdonnern, aber sie plapperte einfach hemmungslos weiter und strahlte ihn dabei ebenso hemmungslos an.

»Willst du nicht zu uns kommen? Weil wir sind dieses Jahr nämlich nur zu zweit, meine Mama und ich, weil mein Papa, der hat sich ja verliebt und eben nicht in meine Mama, das ist das Problem, und deshalb sind wir zu wenig, nur die Mama und ich, und du bist doch auch zu wenig, und deshalb habe ich gedacht, wir können doch zusammen feiern, damit die Mama nicht weinen muss, weil sie keinen Mann mehr hat. Weil du bist doch ein Mann.«

Sie schaute ihn erwartungsvoll an.

Als er schwieg, weil er nicht wusste, was

er darauf sagen sollte, fragte sie vorsichtig: »Oder …?«

»Also, du hast ja Ideen!«, brummte er. »Natürlich bin ich ein Mann. Aber ich kann doch nicht einfach zu euch kommen. Ich gehöre überhaupt nicht zur Familie. Und Weihnachten ist das Fest der Familie. Da lädt man keine Fremden ein.«

»Und wo ist deine Familie?«, fragte Julchen neugierig und versuchte an ihm vorbei in die Wohnung zu schauen.

»Das geht dich gar nichts an. Und jetzt lauf zu deiner Mutter. Die wird dir was erzählen, einfach hier im Haus herumzuspringen. Und recht hat sie. Geh schon!«

Sie ging nicht. Er wedelte mit der Hand, um sie wegzuscheuchen, und hoffte, dass sie verschwand. Aber sie ging nicht. Sie sah ihn mit großen Augen an und blieb einfach in der Tür stehen. Er trat einen Schritt zurück, um die Tür direkt vor ihrer Nase zuschlagen zu können, als eine Frauenstimme durchs Treppenhaus tönte.

»Julchen!«, rief die Stimme. »Juuuulchen!«

Genau in diesem Moment wurde die Tür ihm gegenüber mit Vehemenz aufgerissen, und Frau

Henning rannte mit roten Augen in den Flur. Als sie ihn sah, erschrak sie und stand einen Moment lang still. Sie wusste anscheinend nicht, ob sie weiter hinaus oder schnell wieder hinein laufen sollte. Sie sah erst ihn an, dann Julchen, und machte unwillkürlich einen Schritt zurück. Als ihr Mann von drinnen ihren Namen rief, schien sie sich zu entscheiden. Sie versuchte ein Lächeln, das etwas schief geriet, zog die Wohnungstür hinter sich zu und ging zur Treppe. »Ich muss mal raus«, sagte sie, als ob dies ihren seltsamen Auftritt erklären könnte, und lief die Treppe hinunter.

Fast im gleichen Moment wurde die Tür von innen schon wieder aufgerissen, und Herr Henning kam auch noch herausgelaufen, rannte in Schürze, mit Topfhandschuhen und hochrotem Kopf bis zur Treppe und sah seiner Frau hinterher.

»Waldi …!«

Durch die offen stehende Tür der Wohnung zogen herrliche Bratendüfte ins Treppenhaus. Herrlich, dachte Herr Eberling. Herrlich, Gänsebraten. Das hatte er lange nicht gerochen.

Er trat mit Julchen neben seinen Nachbarn ans

Treppengeländer und lehnte sich nach vorne, um der Frau nachzusehen, die mit lauten Schritten, die klappernd durchs ganze Treppenhaus hallten, hinunterlief, an Miriam vorbei, die gerade hochsah. »Julchen! Was machen Sie da mit meiner Tochter! Julchen, komm sofort hierher!«, rief sie aufgeregt.

Das war ja noch schöner, jetzt war er auch noch schuld, dass dieses Gör zu ihm gekommen war. Jetzt hatte er auch noch diese aufgeregte Mutter am Hals.

»Hab ich's nicht gesagt? Man saust an Heiligabend nicht einfach durch die Gegend! Jetzt lauf zu deiner Mutter. Aber husch!« Er sah Julchen streng an und drehte sich um, um wieder zurück in seine Wohnung zu gehen, bevor die Mutter auch noch hochkam. Was machten all diese Menschen heute bloß im Treppenhaus? Was für eine Unruhe! Wussten die Leute denn alle nicht mehr, wie man Weihnachten feiert? Und warum trug dieser Mann überhaupt diese Schürze? Mit roten Herzen.

»Hilfe!«, rief es von ganz unten. »Hallo? Da braucht jemand Hilfe!« Es war Frau Wagners

Stimme, die vom Hauseingang heraufklang. Was war denn jetzt schon wieder los? Er hörte, wie erst eine Tür sich öffnete und dann noch eine. Verschiedene Stimmen ertönten gleichzeitig im ganzen Haus, sodass er nicht mehr zu sagen vermochte, zu wem welche Stimme gehörte.

»Was ist denn los?«

»Wer braucht Hilfe?«

»Hallo?!«

Jetzt schlägt's aber dreizehn, dachte er grimmig. Er wollte eigentlich seine Wohnungstür zuschlagen und zurück zum Fernseher gehen. Aber er war zu neugierig. Er musste sehen, was es war, das die Leute alle dazu brachte, am Heiligen Abend im Treppenhaus herumzuschreien, als wäre man in einer Waschküche und nicht in einem ruhigen Wohnhaus. Er ging den anderen hinterher und hörte gar nicht, wie sich die Tür ein Stockwerk höher auch noch öffnete und eine Stimme rief: »Hallo?! Ist da der Pizzaservice?« Sonst wäre er wahrscheinlich noch ärgerlicher geworden.

Julchen stand aufgeregt zwischen den ganzen Erwachsenen im Schnee vor dem Haus. Jetzt wurde doch noch alles gut! Der liebe Gott und das Christkind hatten ihr Gebet gehört. Der liebe Gott hatte ihnen sogar seinen Pfarrer geschickt, den netten Pfarrer, der ihnen den roten Apfel geschenkt hatte. Jetzt waren sie nicht mehr allein. Sie waren nicht zu zweit, und sie waren auch nicht zu dritt: Sie waren viele! Es war richtig was los! Alle waren hinausgelaufen. Die alte Frau Wagner, die sie auf dem Weg zur Kirche getroffen hatten, die junge Frau, die ganz unten wohnte, mit ihrem Freund, der einen Tannenbaum hinter sich herzog und seine Freundin ganz lange ansah, Sabrina, die ihr schon einmal zwinkernd etwas Süßes zugesteckt hatte, der Mann von oben drüber mit einer lustigen Schürze und seine Frau, die ganz toll duftete. Alle standen um den Pfarrer herum. Sie versuchten, ihn vorsichtig aufzuheben und auf die Beine zu stellen, aber er konnte gar nicht auftreten, und deshalb beschlossen alle, ihn am besten erst einmal ins Haus zu tragen, weil es da nicht so kalt war Der arme Pfarrer. Sein Mantel war voller Schnee, und sein Gesicht war ganz rot. Bestimmt war ihm kalt. Es tat ihr ja leid, dass er sich so wehtun musste, aber trotzdem freute sie sich, dass so viel los war! Der junge Mann von ganz unten ließ erst den Tannenbaum und dann seine Freundin los, und zusammen mit dem anderen Mann von ganz, ganz oben fassten sie ihn unter den Armen und trugen ihn ins Haus, wo alle aufgeregt durcheinanderredeten, was nun am besten zu tun sei.

»Wohin mit ihm?«, fragte der Mann von ganz oben in die Runde.

»Zu uns!«, rief Julchen schnell und sehr bestimmt. »Zu uns!« Ihre Mutter wandte sich zwar verwundert zu ihr um, und ganz kurz hatte Julchen Angst, dass sie Nein sagen und alles verderben würde: Einen Moment lang sah es genau so aus.

»Er kommt zu uns!«, rief sie rasch noch einmal mit Nachdruck. »Und ihr kommt alle mit! Mama hat nämlich genug Punsch! Weil Weihnachten ist!«, schob sie schnell nach und ging einfach voran, die Treppe hinauf. Alle blieben zögernd stehen. Als sie die ersten Stufen hochgehüpft war und merkte, dass ihr niemand folgte, drehte sie sich noch mal zu den Männern um, die den Pfarrer stützten. »Es ist im ersten Stock. Es ist gar nicht so weit!« Sie sprang die Treppen weiter hoch und war glücklich, als sie hörte, dass jetzt alle hinter ihr nach oben kamen.

Isabell hatte die noch etwas zögernde Frau Wagner untergehakt und ging mit ihr langsam die Stufen hoch, und weil es sich auf dem Treppenabsatz vor Miriams Wohnung fast staute, gingen tatsächlich alle nacheinander hinein. Julchen stand strahlend in der Tür und hielt sie für alle auf. Waltrauds erster Schritt über die Schwelle geschah vielleicht aus reiner Neugierde, die kleine Sensationslust, die nichts von dem Spektakel verpassen wollte, wenn es nun schon einmal vor der eigenen Haustür stattfand. Aber natürlich war es viel mehr als das. Sabrina und Achim folgten ihr dankbar, und auch Olli und Nina traten hinter ihrem Vater in Miriams Wohnzimmer, wo Michael gerade versuchte, Gregor so sanft wie möglich auf das Sofa zu legen.

Als Herr Eberling, der überzeugt davon war, dass ihn das alles nicht sonderlich interessierte, am Treppenabsatz vor Miriams Wohnung weitergehen wollte in seine eigene Wohnung, um wieder seine Ruhe zu haben, geschah etwas mit seiner

Hand. In seine linke Hand schob sich etwas kleines weiches Warmes und fasste unglaublich fest zu. »Du musst mitkommen!«, zischte es sehr bestimmt von unten links, und dieses kleine warme Gefühl in seiner Hand irritierte ihn so sehr, dass er sich einfach mitziehen ließ.

Der Weihnachtsbaum war so schön wie noch nie, und die Einsamkeit, die grau in der Ecke gelauert hatte, um auf einen guten Moment zu warten, an dem sie sich im Laufe des Abends zu voller Größe entfalten konnte, hatte sich überrascht verzogen. Sie würde sich ein anderes Weihnachtszimmer suchen müssen, hier war es plötzlich zu voll geworden für sie.

Nachdem sich die erste Aufregung gelegt hatte, der Pfarrer aufs Sofa gebettet worden war, alle eine Sitzgelegenheit gefunden hatten und von Miriam mit einem Glas Punsch versorgt worden waren, auf diesen Schrecken, aber es ist ja noch einmal gut gegangen, nicht wahr, verbreitete sich eine Art aufgeregter Hochstimmung, wie sie sich in Ausnahmezuständen manchmal entwickelt. Alle waren ein bisschen überdreht, keiner wusste, was als Nächstes geschehen würde, aber es schien jedem von ihnen so, als könnte dieser Abend noch eine Überraschung bereithalten, als wäre eines der liebevoll und bunt verpackten Päckchen, die unter dem Weihnachtsbaum lagen, für einen jeden von ihnen bestimmt und als könnte das Päckchen genau das enthalten, was jeder sich brennend wünschte. So brennend, wie man sich früher etwas gewünscht hatte. Ein Fahrrad. Oder eine Puppe. Plötzlich war der Raum voll. Voll weihnachtlicher Verheißung.

Gregor, der sich kaum bewegen konnte mit seinem schmerzenden Hinterteil, bemerkte es als Erstes. Er beobachtete, wie diese Frau mit den wunderschönen traurigen Augen allen, die hier zusammengekommen waren, dampfenden, duftenden Punsch einschenkte, in dem Apfelringe, Zimtstangen und Sternanis schwammen wie kleine Gaben. Er lag neben einem Baum, an dem ein roter Apfel hing. Es war wie im Paradies.

Rosa war die Nächste, die es bemerkte. Sie sah in die Runde und war sehr froh, dass sie nicht alleine war mit ihrem stolpernden Herzen. Sie wunderte sich ein wenig, wie seltsam dieser Abend verlaufen war, dass sie nun hier an Weihnachten in einer Wohnung saß von jemandem, den sie kaum kannte, in dem Haus, in dem sie fast ihr ganzes Leben lang gewohnt hatte. Sie fühlte sich gerettet. Geborgen in etwas, das größer war. Größer als diese Wohnung, größer als dieses Haus. Sie wusste mit Sicherheit, dass es nun nicht mehr lange dauern würde. Sie hatte keine Angst mehr, ihr Weg schien von geheimnisvollen Mächten geebnet. Noch einmal Schnee. Noch einmal Menschen. Ein Lichterfest, wie zum Abschied. Sie hob das Glas mit dem Punsch an die Lippen und spürte dankbar, wie sich die Wärme des würzigen Getränks in ihr ausbreitete. Es würde nicht so schlimm werden. Wenn das jetzt der Anfang des Abschieds war, dann konnte es gar nicht so schlimm werden. Beruhigt lehnte sie sich zurück und ließ ihre Blicke durch das Weihnachtszimmer schweifen, bis sie an dem roten Apfel am Weihnachtsbaum hängen blieben. Alte Bilder stiegen in ihr auf, sie sah ihre Tochter als Mädchen, die mit Inbrunst kleine rote Äpfel polierte, damit sie glänzten. Sie fragte sich, ob die Äpfel im Paradies alle glänzten und ob sie es finden würde, wenn es das Paradies denn tatsächlich gab, und ob Lissi und Albert schon dort auf sie warteten? Sie sehnte sich nach den Toten. Sie sehnte sich danach, dazuzugehören.

Dem alten Eberling würde sie gleich noch mal schön die Leviten lesen. Darauf freute sie sich richtig, das war das Privileg einer Sterbenden. Und es war egal, ob er sie dann im Treppenhaus noch grüßen würde oder nicht. Sie würde ja nicht mehr allzu oft durchs Treppenhaus gehen. Sie ließ den Blick umherschweifen und sah, wie Miriam Gregor ein Glas Punsch in die Hand drückte, sah, wie er sie anlächelte, und dachte, dass es doch schön wäre, wenn man vom Himmel aus manchmal einen kleinen Blick auf die Lebenden werfen könnte. Um zu sehen, wie es weiterging, auch wenn man selbst nicht mehr dazugehörte.

Isabell war so selig, dass Nick zurückgekommen war, die Worte in ihr schienen alle weggeschwemmt worden zu sein, sie fand keines mehr in sich, das dieses goldene Gefühl halbwegs angemessen ausgedrückt hätte. All die Verzweiflung, die sich in ihr aufgestaut hatte in den dunklen Stunden, die sie alleine in der Wohnung verbracht hatte, schmolz in einem glücklichen Lächeln zusammen. Sie hörte Nick zu, wie er ihr erzählte, dass er noch einen Baum gesucht habe, dass er unbedingt einen neuen Baum für sie hatte finden wollen, weil es so schrecklich gewesen sei, sie so unglücklich zu sehen, und er zählte all die Stationen auf, die er abgelaufen war, um noch einen Weihnachtsbaum für sie zu finden, bis er endlich auf einen schlecht verschlossenen Verschlag eines Baumverkäufers gestoßen war, in den er sich hatte zwängen können, um einen Baum für sie zu klauen. Er hätte ihn ja bezahlt, sagte er, aber es war niemand da gewesen, dem er sein Geld hätte geben können. Sie hörte ihn reden, aber sie nahm die einzelnen Worte gar nicht richtig wahr, sie sah nur seine Augen, sah, wie sie sich darin spiegelte und wie die Lichter des Raumes alle darin tanzten, wollte nichts anderes, als die Welt in seinen Augen sehen, und das immer, immer, sah, wie seine Lippen sich bewegten, und wollte sie unbedingt küssen. Es war etwas mit ihnen passiert. Ihrer Liebe war etwas zugestoßen. Sie hatten beide etwas Bitteres geschmeckt. Beide hatten sie bis zu diesem Zeitpunkt nicht eine Sekunde lang geglaubt, dass ihrer Liebe je etwas zustoßen könnte. Sie hatten geglaubt, ihre Liebe wäre perfekt und das Leben zu zweit ewig süß.

Nun war ihnen bewusst geworden, dass die Süße einer Liebe verschwinden konnte, innerhalb kürzester Augenblicke, und dass es nur weniger Worte bedurfte, um die Bitternis, die anscheinend in jedem von ihnen wartete, hervorzulocken. Ihnen war bewusst geworden, dass sie die Süße ihrer Liebe hüten wollten wie einen Schatz. In wenigen Stunden waren sie von einem jung verliebten Pärchen zu einem liebenden Paar geworden, und sie staunten über dieses Wunder.

Staunen lag Waltraud und Achim heute Abend noch sehr fern. Das älteste Paar in diesem schönen Weihnachtszimmer, das schon so lange miteinander verheiratet war, zwei Kinder großgezogen hatte, Sorgen, Krankheiten, Freuden, beunruhigende Ausnahmezustände und viel, viel Alltag zusammen bewältigt hatte, hatte noch kein Wort miteinander geredet. 32 Jahre, und plötzlich war alles fremd.

Achim warf Waltraud einen verstohlenen Blick zu und starrte dann unglücklich in das Glas Punsch, das er in der Hand hielt. Er dachte, dass er besser keinen einzigen Tropfen mehr trinken sollte. Oder vielleicht auch ganz viel. Er traute sich kaum, seine Frau anzusehen, die er plötzlich gar nicht mehr zu kennen schien. Sie war doch seine Waldi. Sie war es, und sie war es nicht. Dann fiel ihm mit einem großen Schreck die Gans ein, und er rannte aus dem Raum. »Die Gans! Meine Gans!«, rief er aufgeregt und hoffte, dass die Treppe nicht so stark bebte wie der Boden dieses schwankenden Schiffes, auf dem er sich plötzlich befand, und dass er mit seinem schwindeligen Kopf heil nach oben und mit der Gans wieder herunterkam. Wenn sie nur nicht verbrannt war!

Isabell lachte auf und löste zum ersten Mal den Blick von ihrem Nick, um Waltraud anzuschauen. »Ihr Mann ist ein Goldschatz!«, sagte Isabell. »Wie er das mit der Gans geschafft hat, weil er Ihnen eine Freude machen wollte, das war so süß! Er hat sich so eine Mühe gegeben! Mein Vater hätte das niemals gemacht. Sie haben so ein Glück! Frohe Weihnachten!«, sagte sie und hielt Waltraud ihr Glas Punsch entgegen, um mit ihr anzustoßen. Zögernd stieß Waltraud mit der jungen Frau an.

»Ach, Kindchen.« Waltraud seufzte. »Es ist alles ganz anders. Ich glaube, ich habe Weihnachten dieses Jahr kaputtgemacht. Und meine Ehe auch. Und meine ganze Familie. Es gibt dieses Jahr überhaupt kein Weihnachten.«

»O doch!«, lachte Isabell fröhlich. »Schauen Sie doch mal hier, wie wir uns versammelt haben, wie im Stall. Wir haben ein Christkind«, sie zeigte auf Julchen, die aufgeregt umherlief und mit roten Wangen ihrer Mutter beim Punschausschenken half und ihre Weihnachtsgeschenke anscheinend völlig vergessen hatte. »Und Marias und Josefs haben wir auch genug!«

»Und ein Esel ist auch mit dabei!«, raunte Rosa Wagner, die das Gespräch verfolgt hatte, den beiden verschwörerisch zu. Sie schaute in die Richtung des alten Eberling, und Isabell lachte laut auf. Sie war ansteckend mit ihrem Lachen, sie hatte so einen unbefangenen Schwung, dass Waltraud ihr gerne glauben wollte. Sie hätte gerne mitgelacht. Aber sie befand sich noch auf der anderen Seite, auf der die Zweifel stärker waren und das Lachen vertrieben. Vielleicht hatte Achim es ja tatsächlich nicht nur gemacht, um ihr zu zeigen, wie überflüssig sie war. Vielleicht nicht nur. Aber sie fühlte sich nun einmal so. Überflüssig und nichtig. Und mit diesem Gefühl war es ihr unmöglich zu lachen.

»Tut es denn sehr weh?«, fragte Julchen, als sie Gregor ein kleines Mandelherz brachte, das sie mit ihrer Mutter ausgestochen hatte. Als er nickte, senkte sie ein wenig den Kopf und flüsterte ihm ins Ohr, dass ihr das wirklich sehr leidtue. »Aber es musste eben sein.«

Als sie wieder davonhüpfte, schaute Gregor ihr verwundert nach und grübelte, was das Kind bloß damit meinte, doch dann kam schon Achim mit der Gans zurück, deren Haut schwarz geworden war, und Waltraud spürte eine winzig kleine Genugtuung. Das wäre ihr nicht passiert. Sie wäre niemals aus der Wohnung gerannt, ohne den Ofen vorher kleiner zu stellen. Andererseits war er ihretwegen aus der Wohnung gerannt. Er war ihr ohne zu überlegen nachgelaufen. Sie war ihm sogar wichtiger gewesen als die Gans.

Sie lächelte ihn unwillkürlich an, als er ihr die Tranchierschere hinhielt. »Ich kann das nicht. Gänse zerteilen. Das kann ich nicht. Ich brauche dich jetzt.« Als sie aufstand und ihm die Schere aus der Hand nahm, schloss er sie in seine Arme und flüsterte ihr ins Ohr: »Ich brauche dich doch immer.«

Wie schön das war, sie in den Arm zu nehmen,

das elende Schwanken hörte auf, und er hatte das Gefühl, wieder festen Boden unter den Füßen zu haben. Und Waltraud fühlte sich in diesen Armen, die sie schon länger als ihr halbes Leben hielten, sehr wohl. Und gleichzeitig fühlte sie sich wie eine dumme Gans. Wie eine sehr glückliche dumme Gans. Und sie lauschte dem Lächeln, das sich in ihr auszubreiten begann.

Als Waltraud die Gans zerteilte, merkten alle, dass sie Hunger hatten. Doch gleichzeitig wollte keiner zurück in die eigene Wohnung, um dort alleine zu essen, man war dem eigenen Unglück doch gerade so schön entflohen, und auch Miriam wollte am liebsten gar niemanden gehen lassen, und so einigte man sich schnell, zusammen zu essen. Alle liefen an ihre Vorratskammern und Kühlschränke und Kochtöpfe und holten, was sie geben konnten, holten alle Köstlichkeiten herbei zu einem üppigen gemeinsamen Mahl.

Bald bog sich der Tisch unter der Last der Speisen, die so bunt zusammengewürfelt waren wie ihre Gesellschaft. Neben der gefüllten Gans, die unter der verbrannten Haut einfach perfekt war, fanden sich ein ganzer Marzipanstollen, ein

Wacholderschinken, Plätzchen in allen Varianten. Miriams marinierte Lachsseite mit Zitronen-Estragon-Sauce bekam einen Platz neben dem Brotkorb, der sich mit den verschiedensten Brotsorten zu füllen begann, das Weihnachts-Lammcurry mit Mandeln, in das Isabell all ihre verzweifelte Sehnsucht nach Nick hineingekocht hatte, duftete neben einem großen Stück reifen Camemberts, das Michael aus seinen Vorräten beisteuerte, Birnen gesellten sich dazu, Walnüsse und Orangen, deren Schalen einen herrlichen Duft verbreiteten, vor allem, als Nina Julchen zeigte, wie man das Orangenöl der Schalen in brennende Kerzen sprühte, um kleine Duftfeuerwerke zu erzeugen.

Sabrina stand eine ganze Weile unschlüssig in ihrer Küche. Wenn sie nun doch noch Besuch bekommen würde. Wenn er noch vorbeikäme, später. Nach der Christmette. Falls er Zeit hatte. Oder morgen. Oder übermorgen. Um sich für den Engel zu bedanken. Dann musste sie unbedingt noch etwas im Haus haben, das Beste von allem müsste sie dann im Haus haben. Andererseits war das jetzt genau eine dieser Gelegenheiten, von denen sie geträumt hatte. Mit einer Platte in der Hand einen Raum zu betreten und ihr Werk unter vielen Ahs und Ohs auf einen Tisch zu stellen. Immer wenn sie an der Backschüssel stand, träumte sie davon. Der Schokoladenkuchen, den sie unbedingt hatte backen müssen, nachdem sie das Rezept gelesen hatte, stand noch unberührt in der Vorratskammer. Deshalb musste ich ihn backen, dachte sie. Damit ich ihn jetzt auftischen kann. Wenn er gut geworden war, konnte sie ja gleich noch einen backen. Für morgen. Falls er vorbeikäme. Wäre das schön, wenn er vorbeikäme, dachte sie. Wenn er jetzt auch da wäre, das wäre so schön! Sie wurde mit einem Mal von einem großzügigen, fast verschwenderischen Gefühl ergriffen, als ob sie plötzlich ahnte, dass der Abend ein besonderer werden könnte. Zusätzlich zu dem Schokoladenkuchen holte sie noch das große Vorratsglas mit dem eingelegten Schafskäse hervor, der zwischen Walnüssen, Kirschtomaten und Kräutern in goldenem Öl reifte, und die Forellenpastete, die sie für heute Abend vorbereitet hatte.

Herrn Eberling, der nie besonders viel zu essen vorrätig hatte, war es etwas peinlich, nichts beisteuern zu können, als er diese Pracht sah. Die Düfte mischten sich im Raum, sodass nicht nur ihm fast ein wenig schwindelig wurde angesichts all dieser Verlockungen, die sich im Kerzenschein darboten. »Ich habe schon gegessen«, wehrte er ab, als alle ihn einluden, sich doch zu bedienen. Er zierte sich ein wenig, aber dann nahm er sich doch einen Teller und probierte ein wenig hiervon und ein wenig davon, und er fand, wie alle anderen auch, dass alles wunderbar zusammenpasste und ein herrliches Festmahl ergab, auch wenn es auf den ersten Blick doch eigentlich überhaupt nicht zusammenpasste.

Miriam machte für Gregor auf dem Sofa einen Teller zurecht und setzte sich neben ihn auf den Boden.

»Wenn es nicht besser wird, müssen wir vielleicht doch einen Arzt rufen«, sagte sie.

»Ja«, antwortete er, »das müssten wir vielleicht.« Dann schwieg er. Er hätte gerne mehr gesagt, er wäre gerne geistreich gewesen, sein Herz hätte er ihr gerne ausgeschüttet, aber er konnte sie nur stumm ansehen und um so beredter denken. Zum Glück hatte er diesen Teller vor sich, auf den sie all die Köstlichkeiten gehäuft hatte. »Was ist denn von Ihnen?«, fragte er sie, als er sich nicht entscheiden konnte, was er zuerst probieren sollte. »Der Lachs«, antwortete Miriam lächelnd, worauf er seufzte und gestand, dass ihm das nun auch nicht weiterhalf. »Was mache ich nun, fange ich damit an, oder hebe ich ihn mir lieber bis zum Schluss auf, damit ich den besten Geschmack am längsten bewahre?« – »Und woher wollen Sie wissen, dass mein Lachs Ihnen überhaupt schmeckt?«, lachte Miriam froh, weil ihr dieses Geplänkel Spaß machte. Sie hatte lange nicht so eine Art von Spaß gehabt. »Das weiß ich einfach«, behauptete er und fand sich selbst furchtbar peinlich. Was er für einen Mist redete. Er konnte einfach nicht flirten, aber sie lachte. Sie war gnädig. Was es doch für ein Wunder war, dass er genau hier bei ihr gelandet war, dachte er, und dass er keinen Arzt rufen, sondern einfach nur liegen bleiben wollte, hier auf diesem Sofa, unter all den fremden Menschen, die er bis vor wenigen Minuten noch gar nicht gekannt hatte und mit denen er nun den Heiligen Abend verbrachte. Aber er hatte Pflichten. Die Christmette musste gehalten werden, und es waren nur noch wenige Stunden bis dahin. Wenn er ehrlich zu sich war, wusste er genau, dass er von diesem Sofa ohne fremde Hilfe nicht mehr aufstehen konnte. Und auch wenn er gar nicht mehr aufstehen wollte von diesem Sofa: Es war Weihnachten, und er hatte eine dringende Aufgabe. Er musste in die Kirche.

Als Miriam einen Notarzt rief und erfuhr, dass es wegen des Schnees und der vielen Notrufe etwas länger dauern könnte, dachte sie, dass es doch sonderbar war, dass dieser Mann, der ihr mit seiner Predigt wieder Lichtpunkte in die trübe Seele gesetzt hatte, nun auf ihrem Sofa lag und ihren Punsch trank, von ihrem Teller aß und den Lachs tatsächlich bis zum Schluss aufhob. Was war das nur für ein seltsamer Abend. Sie sah zu Julchen, die auf Ninas Schoß saß und anscheinend etwas sehr Spannendes erzählt bekam. Dann sah sie wieder zu Gregor, und als ihre Blicke sich trafen, spürte Miriam so etwas wie ein Erröten in ihrem Gesicht, eine Wärme wie von Wein und von fröhlicheren Zeiten, und sie sah schnell wieder zu ihrer Tochter, die mit großen Augen den Erzählungen des Mädchens von oben lauschte.

Auch Michael schaute den beiden Mädchen fasziniert zu. Vielleicht erinnert er sich daran, wie es war, als Nina so klein war, dachte Miriam. Sie konnte nicht ahnen, dass er schlichtweg verwundert war, dass seine Tochter, die seiner Meinung nach nur an Popstars und Serien und stundenlangen Chats mit ihren Freundinnen interessiert war, sich so ausschließlich einem kleinen Mädchen widmete, das sie gar nicht kannte, dass sie den Weihnachtsbaum bewunderte. Dass sie viel glücklicher aussah als sonst. Auch Olli, der die Zähne doch so gut wie nie auseinanderbekam und in dessen Sprachgebrauch das Wort »helfen« anscheinend gar nicht vorkam, war ganz eifrig dabei, für die alte Dame von ganz unten den Kavalier zu spielen und ihr einen Teller zu füllen. Michael war hingerissen. Nicht nur von seiner Tochter und seinem Sohn. Er fand den ganzen Abend großartig. Er fand Miriam großartig, dieses spontane Zusammentreffen, die Begegnung im Hausflur, die nun in einer Weihnachtsparty mündete, und alle machten mit. Er hatte gar nicht gewusst, dass er so spontane Mitbewohner hatte. Diese Frau erlaubte ihrer Tochter einfach, das ganze Haus einzuladen. Er fand das alles großartig.

Als Miriam seinen Blick auf sich spürte, war sie irritiert. Der Pfarrer auf dem Sofa, der Nachbar von oben. Sie sahen sie an. Ständig. Alle beide. Waren das neugierige Blicke? Von Menschen, die sich fragten, was für eine Verrückte wohl an Heiligabend einen Haufen Fremde zu sich einlud? Auf jeden Fall war es Neugier, und Wohlwollen steckte auch darin. Solche Blicke hatte sie lange nicht bekommen. Interessierte Blicke. Waren das die Blicke eines Mannes auf eine Frau? Monatelang war sie so in ihrem Kummer vergraben gewesen, dass sie völlig vergessen hatte, wie es sich anfühlte, so angeschaut zu werden. Sie merkte plötzlich, dass sie solche Blicke nicht erst seit der Trennung nicht mehr gespürt hatte. Sie war auch davor lange, lange Zeit nicht so angeschaut worden. Jan hatte sie nicht mehr so angeschaut, seit – es war so lange her, sie wusste es nicht mehr. Es fiel ihr einfach nicht mehr ein. Sie hatte es überhaupt nicht bemerkt, dass er sie nicht mehr so angeschaut hatte. Anscheinend hatte sie vieles nicht bemerkt. Überrascht stellte sie fest, dass sie schon viel länger allein gewesen war, als sie dachte. Es waren nicht nur die Monate, seit er sie verlassen hatte. Wenn sie ehrlich war, dann waren sie schon

Jahre vorher getrennt gewesen. Wie viele Jahre es wohl waren? Zwei? Drei? Und sie hatte es nicht einmal von selbst bemerkt. Jan hatte es ihr sehr deutlich zeigen müssen – in einem unschönen Moment –, dass sie ihn als Frau nicht mehr interessierte. Und nun saß sie plötzlich in ihrem Wohnzimmer zwischen zwei Männern, die sie beide auf diese besondere Weise ansahen. Sie lächelte. Und fühlte sich ein kleines bisschen verwegen.

»Jetzt hat mein Sturz Ihre ganze Weihnachtsplanung durcheinandergebracht, in Ihrem schönen Weihnachtszimmer sitzt ein Haufen Fremde, und Sie haben gar kein trautes Fest mit Ihrer kleinen Tochter.« Gregor sah sie zerknirscht an, als sie sich wieder neben ihn setzte, um ihn zu fragen, ob er irgendetwas brauche. »Die Geschenke liegen noch unterm Baum, Sie können nicht auspacken –«

»Es könnte schöner nicht sein«, unterbrach sie ihn lächelnd. »Glauben Sie mir. Eigentlich weiß ich gar nicht, wie ich Ihnen dafür danken soll.«

Bevor der Notarzt endlich eintraf, sollte noch einige Zeit vergehen. Die alte Rosa hatte Herrn Eberling die Leviten gelesen, genau wie sie vorgehabt hatte, und er konnte es kaum fassen, mit welcher Vehemenz sie ihn gescholten hatte, er solle endlich auf seine Tochter zugehen. »Meine Tochter lebt nicht mehr«, hatte sie geschimpft. »Aber Ihre, und deshalb gehen Sie morgen verdammt noch mal zu ihr hin und trösten sie, weil sie an Weihnachten ihre Mutter besonders vermisst. Und Sie auch.« Seitdem saß er still an Rosas Seite und dachte darüber nach, was sie gesagt hatte. Er glaubte nicht wirklich, dass seine Tochter irgendjemanden vermisste. Ihn am allerwenigsten. Warum kam sie denn dann nicht zu ihm, wenn sie Trost wollte? Immer wenn er brummelig zu Rosa hinüberschaute, sah sie ihn streng an und nickte bekräftigend, als ob sie seine Gedanken lesen könnte. »Hören Sie auf mich!«, sagte sie dann und stach ihm ihren erhobenen Zeigefinger in die linke Seite, sodass es ihm schon langsam unangenehm wurde.

Bevor der Notarzt eintraf, hatten Waltraud und Achim schon eine halbe Stunde Händchen gehalten, was sie schon lange nicht mehr getan hatten, und Waltraud hatte ihren Mann gefragt, ob er nicht fände, dass sie noch etwas anderes aus ihrem Leben machen sollte, und ob er ab jetzt jedes Jahr der offizielle Gänsebräter der Familie Henning sein wolle, und er hatte ihr geantwortet, dass Weihnachtsvorbereitungen ohne ihr hektikverbreitendes Gewusel einfach schrecklich seien und er nur der offizielle Gänsebräter der Familie Henning sein wolle, wenn sie ihm dabei half. Und was sie bloß damit meine, noch etwas anderes aus ihrem Leben zu machen? »Ach«, hatte sie geseufzt, »das erkläre ich dir am besten morgen.« Und für jetzt war es einfach gut gewesen, weiter seine Hand zu halten.

Bevor der Notarzt eintraf, waren auch Sanne und Philipp endlich angekommen, müde, hungrig, mit steifen Gliedern vom langen Sitzen und schlecht gelaunt. Die Stimmen, die bis ins Treppenhaus klangen, hatten sie schließlich zu Miriam geführt, wo sie einen Moment lang wie geblendet dastanden, nicht wissend, was sie mehr verwunderte: diese Versammlung oder die Tatsache, dass ihre Eltern mittendrin saßen. Doch schon nach wenigen Minuten hatten sie dazugehört zu dieser zusammengewürfelten Gesellschaft und sich so wohlgefühlt wie alle anderen auch. Nur Philipp hatte ab und zu hilfesuchend zu seiner großen Schwester geschaut, weil Sabrina ihn komplett in Beschlag nahm. Enthemmt durch den Punsch und sehr begeistert über das Auftauchen eines jungen Mannes, nötigte sie ihn, alle Speisen zu probieren, während sie ihm all ihre Küchentricks minutiös erläuterte. Doch Sanne hatte ihn grinsend hängen lassen, der Vorwurf, sie sei doch genau wie ihre Mutter, saß ihr noch wie ein tiefer Stachel im Gemüt. »Ich kann gar nicht kochen«, hatte Philipp zwischen zwei zugegebenermaßen sehr leckeren Bissen hervorgebracht und dabei zu seiner Mutter geschaut, die doch bestimmt an Küchentricks viel interessierter war als er und vielleicht mal übernehmen könnte, doch die turtelte mit seinem Vater herum und bekam gar nicht mit, wie gerne ihr Jüngster nicht über Rezepte reden würde. Bis Sanne, seine geliebte große Schwester, diese blöde Kuh, ihn schließlich doch noch befreite, indem sie strahlend zu ihnen kam und zu Sabrina sagte, sie würden morgen bei ihr klingeln, um alle Rezepte abzuschreiben. Wunderbar sei das Essen. Ganz wunderbar! Dann hatte sie Philipp weggezogen, und Sabrina hatte mit Rosa weitergeredet und gedacht, dass sie doch blass aussah, die alte Dame, und sie beide mit einem weiteren Glas Punsch versorgt.

Bis der Notarzt endlich eintraf, hatte Julchen auch ihr Gedicht aufgesagt. Vor großem Publikum, was so viel schöner war, als wenn sie es alleine für ihre Mama aufgesagt hätte. Obwohl sie es natürlich ganz alleine und nur für ihre Mama getan hatte, auch wenn alle anderen dabei zusahen.

In einem leeren Haselstrauch,
Da sitzen drei Spatzen Bauch an Bauch.

Der Erich rechts und links der Franz
Und mittendrin der freche Hans.

Sie haben die Augen zu, ganz zu.
Und obendrüber da schneit es. Hu!

Sie rücken zusammen dicht an dicht.
So warm wie der Hans hat's niemand nicht.

Sie hör'n alle drei ihrer Herzlein Gepoch.
Und wenn sie nicht weg sind, so sitzen sie noch.

Das komische Wort war ihr zum Glück wieder eingefallen, und alle hatten zugehört, als sie es vortrug. Wie die Spatzen im Haselstrauch hatten sie gesessen, dicht an dicht, hatten das Klopfen ihrer Herzen gehört und es warm gehabt wie niemand nicht, während es draußen schneite und die dicken weißen Flocken wie Himmelsgrüße vor Miriams Fenster im Schein der Straßenlaterne sanft heruntersegelten.

Miriam hatte schnell die Augen schließen müssen, weil sich zwei Tränen, oder auch drei, aus ihnen herausweinen mussten, aber es waren Tränen, die aus dem kleinen Glückssee in ihr flossen, dessen Existenz sie schon ganz vergessen hatte. Außerdem hatte jemand, der auf ihrem Sofa lag, dabei ihre Hand gehalten, das hatte sich schön angefühlt. »Und obendrüber, da schneit es. Hu!!!«, hatte Julchen gerufen, und alle hatten gelacht. Auch Miriam, mit ihren hellen Tränen in den hellen Augen, die Gregor stumm im Herzen seufzen ließen, weil sie vom Weinen noch heller wurden.

Als es klingelte, öffnete Sabrina die Tür, weil sie gerade in der Nähe war. Sie öffnete die Tür, und ihr Herz setzte vor Schreck einen Moment lang aus. Da stand ein Mann, der dem Mann aus all ihren Träumen viel ähnlicher war, als es jeder andere jemals hätte sein können. Er hatte Schneeflocken in seinem dunklen, dichten Haar, er hatte sogar eine Schneeflocke in seinen langen Wimpern, und sie sah fasziniert zu, wie die Schneeflocke schmolz und zu einem kleinen Wassertropfen wurde, der gleich hinabfallen würde, gleich, wenn ihn der Blick aus diesen dunkelblauen Augen nicht hielte, ihr schien es so, als ob dieser blaue Blick alles vermochte, alles halten konnte, Schneeflocken und Wassertropfen, aber auch sie, vor allem sie, alles würde er schmelzen und halten, und sie starrte ihn an, und er starrte sie an, erwartungsvoll, gespannt, und als sie immer noch nichts sagen, geschweige denn sich bewegen konnte, schob er sie, mit einem sehr sanften Lächeln sehr sanft zur Seite. Und ohne seine Hände von ihren Schultern zu nehmen, ohne sie auch nur kurz aus den Augen zu lassen, drehte er sich einfach um sie herum in die Wohnung hinein.

»Wo ist denn der Patient?«, fragte der Mann mit den Schneeflocken im Haar und dem Lächeln in der Stimme.

Es war der Notarzt.

Es stand schnell fest, dass man Gregor ins Krankenhaus zum Röntgen mitnehmen musste und dass er die Christmette vergessen konnte. Erst war Gregor enttäuscht, doch dann dachte er, dass er den schönsten Weihnachtsgottesdienst heute schon gehalten hatte, und bat Sabrina, die er aus dem Chor kannte, um ihre organisatorische Hilfe, eine Bitte, der sie liebend gerne nachkam. Und während sie das versprach, häufte sie dem schneebewimperten Notarzt einen Teller voll mit Köstlichkeiten, die er begeistert entgegennahm und mit Genuss aufaß. »Das ist mein bester Einsatz heute«, befand er und lächelte Sabrina an. »Es gibt etwas Leckeres zu essen, und selbst mein Patient strahlt.« Er hätte gerne noch etwas Nettes zu dieser Frau gesagt, die da vor ihm stand, aber ihm fiel nichts Geistreiches ein. Leider. Er begnügte sich also mit Lächeln und ahnte kaum, dass das für Sabrina schon mehr als genug war.

Als die Sanitäter Gregor auf der Trage festbanden, hielt Miriam seine Hand, und er dachte, dass es sich allein für diesen Abend schon gelohnt hatte, hinzufallen. Der Notarzt hob Gregors Mantel auf, um ihn mitzunehmen, und dabei fiel etwas zu Boden. Sabrina starrte fassungslos auf ihren Engel, der aus dem lose darumgewickelten roten Seidenpapier hervorlugte. »Wo haben Sie den her?!«, rief sie entgeistert, und Gregor antwortete vorsichtig, dass er in der Sakristei gelegen habe und er ihn bis zur Christmette aufbewahren wollte. »Gehört er Ihnen?«, fragte er, worauf sie erst mit Nein, dann aber mit einem zögernden Ja antwortete. »Habe ich etwas falsch gemacht?«, setzte er nach, als er ihr betretenes Gesicht sah, doch sie schüttelte den Kopf. »Nein. Sie nicht. Ich habe anscheinend etwas falsch gemacht. Aber damit ist jetzt Schluss.« Entschlossen lächelte sie den Notarzt an, der ihr den Engel entgegenhielt. »Vielleicht bringt er Ihnen ja Glück«, sagte er, mit seinen schönen dunkelblauen Augen, als er den Engel in ihre Hände legte. »Das habe ich schon mal gehört«, erwiderte sie. »Aber wer weiß, vielleicht tut er es ja wirklich?« Sie sah ihn mit einem hoffnungsvollen Blick an, und er lächelte so unverschämt wundervoll zurück, dass sie innerlich schmolz wie eine Schneeflocke an seiner Wimper.

In die kurze Stille, die entstanden war, nachdem die Sanitäter Gregor hinausgetragen hatten, piepste Ollis Handy. Er nahm es heraus und las die SMS, die gerade angekommen war. Nina grinste ihn an, und er wurde ein bisschen rot. »Ich muss noch mal kurz weg«, sagte er knapp und schaute an seinem Vater vorbei, als er aufstand. »Was? Heute? Jetzt? Warum denn das? Es ist doch total nett hier –«, hob Michael an, seiner elterlichen Empörung Luft zu machen, als ihn Ninas Ellbogen von der Seite traf. Sie legte ihren Kopf auf seine Schulter. »Nerv jetzt nicht, Papa«, flüsterte sie ihm ins Ohr. »Lass ihn gehen. Er ist verliebt. Er will einen verliebten Schneespaziergang machen.«

»Echt?« Michael sah zur Seite in Ninas Gesicht »Olli verliebt? Kennst du sie?« Nina nickte. »Sie ist süß. Fast so süß wie ich.« Michael stand auf und erwischte Olli noch im Flur. »Na dann«, sagte er. »Viel Spaß, mein Großer. Bring sie einfach mit, wenn es euch draußen zu kalt wird. Okay?«

Er zog seinem Sohn die Mütze ins Gesicht und

zwinkerte ihm zu. Olli zog die Mütze wieder gerade, und Michael sah, dass er gleich wieder ein bisschen rot geworden war, als er ihn verlegen angrinste. »Klaro. Bis später, Papa.« Es war ein Abend voller Überraschungen. Er hatte nicht gewusst, dass sein Sohn eine Freundin hatte, dass seine Kinder sich eigentlich nach Weihnachten sehnten, dass er so nette Mitbewohner im Haus hatte. Er war ja beinahe so festgefahren in seinen Ansichten, wie es seine eigenen Eltern immer gewesen waren. Oder wie Gila. Beinah. Genau das, was er nie hatte sein wollen. Er hatte immer von sich gedacht, er wäre so locker und spontan. Dabei war er genauso eingerostet und beschränkt wie alle anderen. Nur die Schranke befand sich an einer anderen Stelle. Es war wohl an der Zeit, ein paar Lockerungsübungen zu machen. Den Blick zu öffnen.

Als Herr Eberling das Bad betrat, war ihm schon ein wenig komisch zumute, ohne dass er gewusst hätte, warum. Erst als er sich die Hände wusch an diesem fremden Waschbecken und all die Fläschchen und Döschen und den Krimskrams unter dem Spiegel sah, den Frauen anscheinend so herumstehen hatten, durchfuhr es ihn plötzlich. Es tat weh. Es tat richtig weh. Es war, als ob sich etwas in ihm blitzartig zusammenkrampfte und nur sehr langsam wieder löste. Ein bittersüßer Schmerz breitete sich in ihm aus. Er hielt seine Hand an die Nase. Das war der Geruch. So hatte seine Frau gerochen. So hatte sein Leben einmal gerochen.

Er trocknete sich die Hände ab und verließ das Bad. Seine Knie waren irgendwie schwach. Mit einem Mal fühlte er sich sehr wackelig und musste sich für einen Moment auf die Truhe setzen, die im Flur stand. Mit geschlossenen Augen hob er die Hände vors Gesicht und atmete tief ein.

So fand ihn Miriam, die nach einer Weile lachend aus dem Wohnzimmer in den Flur trat. »Herr Eberling, ist alles in Ordnung? Geht es Ihnen nicht gut?« Besorgt trat sie näher und schaute ihn prüfend an.

»Was ist das für eine Seife?«, fragte er, als er die Augen öffnete und sie ansah.

»Die im Bad?«

Er nickte.

Miriam setzte sich neben ihn.

»Das ganze Bad riecht nach der Seife, nicht wahr? Maja.«

Er sah sie erschrocken an.

»Die Seife. Sie heißt Maja.«

Eine Weile saßen sie schweigend nebeneinander.

»Maja …«, wiederholte er leise, fast flüsternd.

»Mich erinnert sie an meine Oma«, sagte Miriam. »An Weihnachten hat sie sich immer ein Stück Seife gekauft. Das war für sie der Inbegriff von Luxus. Und ein Päckchen lag immer in der Schublade, in der sie ihre Taschentücher aufbewahrte. Seit sie nicht mehr lebt, kaufe ich mir immer zu Weihnachten ein Stück Maja. Dann ist meine Oma ein bisschen mit dabei.«

»Ich dachte, es wäre ihr Parfüm.«

Er schwieg eine Weile. Miriam schwieg ebenfalls, weil sie das Gefühl hatte, er würde noch weitersprechen.

»Und dann dachte ich, sie wäre es, die so riecht. Ich habe gedacht, es wäre ihr eigener Geruch. Maja«, seufzte er. Er schloss die Augen. Miriam blieb still neben ihm sitzen.

»So habe ich sie manchmal genannt. Maja. Sie hieß Marianne. Meine Frau. Maja.«

Er war froh, dass er saß. Er fühlte sich wirklich sehr wackelig. Dieser Duft machte ihn sehr schwach. Er machte ihn schwach, und er machte ihn stark. Er machte mit ihm so etwas wie Frühling. Er umgab ihn mit einem Gefühl, das ihn schmelzen ließ. Miriam nahm seine Hand und hielt sie eine Weile. Das war jetzt schon zum zweiten Mal an diesem Abend, dass jemand seine Hand nahm. Was war denn heute nur verdammt noch mal los?

Miriam hielt die alte Männerhand, die nach der Seife roch, in ihrer und dachte, dass wirklich jeder seinen Schmerz hatte. Sie war überhaupt nicht allein. Jedem von ihnen tat etwas weh. Sie hatten alle jemanden verloren. Manchmal hatte sie gedacht, dass es einfacher wäre, wenn Jan gestorben wäre. Dass es nicht so wehtun würde, wenn er jetzt nicht in New York wäre mit seiner blonden, langbeinigen Sekretärin. Aber vielleicht würde es viel weher tun, wenn er gestorben wäre. Plötzlich, durch einen Unfall. Oder langsam, durch eine Krankheit. Wäre es nicht schrecklich gewesen, ihn leiden zu sehen? Sie hatte ihn doch geliebt. Damit hörte man ja nicht einfach auf, von einem Tag auf den anderen. Nur weil jemand krank war oder starb oder sich in jemand anderen verliebte.

Es war etwas schiefgegangen mit ihnen, sie verstand noch nicht genau, was, aber ihr war plötzlich klar, dass sie auch eine Rolle darin gespielt haben musste, und sie wusste, dass sie herausfinden wollte, welche Rolle es gewesen war. Und sie wusste auch, dass sie ihn nie mehr tot wünschen würde. Viel lieber würde sie Jan wünschen können, dass es ihm gut ging. Das war ein verdammt schwerer Gedanke, er war im Moment noch die reinste Theorie. Aber an der Seite dieses brummeligen alten Mannes, der ihr gerade von seiner Frau erzählt hatte, beschloss sie, diesen Gedanken zu üben. Zum ersten Mal verspürte sie diesen Wunsch, dass es Jan gut gehen möge. Und ihr. Auch ohne einander. So weh es auch tat, irgendwie brachte dieser Wunsch Erleichterung in ihr Herz. Als ob er neben dem Schmerz eine warme, kleine Spur in ihr hinterließ, die etwas heilte. Sie würde das irgendwann voller Überzeugung denken können. Sie würde darüber hinwegkommen können.

Miriam dachte an den Mann, den der Schnee zu ihr hereingeweht hatte. Ein Pfarrer. Doch nicht ausgerechnet ein Pfarrer! Sie könnte sich, davon war sie überzeugt, doch sowieso auf keinen Mann mehr einlassen, nach allem, was geschehen war. Sie wollte das doch auch alles gar nicht. Und erst recht keinen Pfarrer. Aber er hatte etwas Besonderes, das sie sehr rührte. Er hatte gewusst, wovon er sprach, er hatte das Gefühl selbst gekannt, und er hatte es wichtig genug gefunden, einem traurigen Gefühl einen Platz in seiner Weihnachtspredigt zu geben. Er hatte ihnen ein Stück von sich gezeigt. Und gleichzeitig fühlte sie sich gesehen von ihm, erkannt. Unter seinem Blick musste sie nicht toll sein und großartig, sie musste sich nicht anstrengen, er sah sie, wie sie war, und das genügte. Er setzte kleine Lichtpunkte in ihre Seele. Das war ein schönes Gefühl. Sie fühlte sich mit einem Mal wieder ein bisschen richtiger. Nicht mehr ganz so falsch. Es war gar nicht mehr schlimm, dass sie nicht blond war und nicht langbeinig und keine Sekretärin und nicht in New York. Es war mit einem Mal sogar fast besser, hier zu sein. Und es war auch nicht schlimm, dass sie gescheitert war. Es war ganz in

Ordnung, wie sie war. Sie fühlte sich fast gut, wenn er sie ansah. Wahrscheinlich war das so, weil er ein Pfarrer war. Pfarrer waren eben so. Es war bestimmt nicht so, weil er ein Mann war. Es war komisch, sich vorzustellen, dass der Pfarrer auch ein Mann war. Und doch tat sie genau das.

Als die Gesellschaft sich auflöste, war es schon spät. Alle hatten sich mit Umarmungen verabschiedet und einander versichert, dass es das schönste Weihnachtsfest gewesen sei, das sie je erlebt hatten. Selbst Herr Eberling hatte sich von allen umarmen lassen, war währenddessen etwas unbeholfen und steif stehen geblieben und hatte nicht so recht gewusst, was er mit seinen Armen machen sollte. Dann war er mit einem Lächeln im Gesicht und milde gestimmt nach oben gegangen in seine Wohnung. Er ärgerte sich noch nicht einmal, als er bemerkte, dass sein Fernseher noch lief und die Lampen im Wohnzimmer und im Flur brannten. Dabei war er sonst sehr gegen diese Art von Verschwendung. Doch heute war eine Ausnahme, es war alles so schnell gegangen vorhin im Treppenhaus.

Als er die Lampen ausschaltete, kam ihm seine Wohnung leer vor. Leerer als sonst. Ohne seine Marianne. Seine Maja. Und ihren Duft. Ohne ihre roten Schleifen. Ohne jemanden, der einfach seine Hand nahm.

Sanne und Philipp hatten ihre Eltern untergehakt, um ihnen beim Treppensteigen behilflich zu sein. Denn die Treppen waren durch die Mengen an Punsch doch recht steil geworden, und Waltraud und Achim mussten immer wieder kichernd innehalten, während Philipp seine Schwester angrinste. »Wenn wir früher losgefahren wären, wäre es vielleicht nicht ganz so lustig geworden. Ich muss es ja doch zugeben. Du hast einfach ein unschlagbares Timing.« – »Ich werde dich bei nächster Gelegenheit daran erinnern, falls du das vergessen solltest!«, erwiderte Sanne. »Wenn wir jemals oben ankommen …« Als sie tatsächlich oben ankamen, gingen Achim und Waltraud direkt ins Schlafzimmer, wo sie mechanisch die Kleider auszogen, um dann gleich in Unterwäsche ins Bett zu sinken.

»Spürst du auch, wie die Welt sich dreht?«, fragte Waltraud zur Seite, wo Achim lag, beruhigend neben ihr lag wie immer, auch wenn der ganze Tag so beunruhigend anders gewesen war. Es kam keine Antwort. Er war sofort eingeschlafen. Waltraud lächelte und dachte, dass ein bisschen Unruhe vielleicht manchmal ganz gut war. Aber nur ein bisschen. Auf die Dosierung kam es an. Wie beim Backen. Und dann schlief auch sie ein. Und spürte noch immer und ganz deutlich, wie die Welt sich drehte.

Nach einem Blick in die Küche rief Sanne ihren Bruder. »Hey, das musst du dir ansehen. So hast du diese Küche noch nie gesehen.« Stumm staunend standen sie beide in der Küchentür und begutachteten das Chaos. Es sah aus, als hätte jemand eine Menge Geschirr benutzt, weil er für eine Riesenparty gekocht und völlig vergessen hatte, dass man hinterher auch wieder sauber machen musste. Ein eingebrannter, verkrusteter Bräter, Apfelschalen, welkes, geschnittenes Rotkraut zwischen schmutzigen Geschirrtüchern, kaltes Gänsefett in verschiedensten Tassen und Schüsseln. Sanne beschloss, dass sie sich dieser Angelegenheit besser bei Tageslicht widmen sollten und am besten, bevor ihre Mutter aufwachte und das alles sah. Philipp stimmte ihr ausnahmsweise sofort zu, und grinsend schlossen sie die Küchentür hinter sich.

»Was war nur mit denen los heute Abend?«, fragte Sanne ihren Bruder. »Hast du irgendetwas mitbekommen?«

»Vielleicht erfahren wir es ja morgen.«

»Was bloß in die beiden gefahren ist. Unsere Eltern, die fremden Wesen.«

Meist schlief Sanne im Gästezimmer und Philipp im Wohnzimmer auf dem Sofa, wenn sie zusammen bei den Eltern waren. Und meistens hatte Waltraud schon alles perfekt vorbereitet. Heute war das nicht der Fall, und beide waren zu müde, und es war zu spät, um noch zwei Schlafstellen zu richten. Sie legten sich nebeneinander auf das Gästebett und kuschelten sich unter eine Decke, als hätten sie es so verabredet.

»Weißt du noch, wie du bei Gewitter immer zu mir kamst, früher?«, flüsterte Sanne.

»Klar«, flüsterte Philipp zurück. »Und ich weiß auch noch, wie es war, als du deinen ersten Liebeskummer hattest und nachts mein Kissen nass gesabbert hast mit deinem Geheule. Du hättest dir wenigstens dein eigenes mitbringen können!«

Sanne knuffte ihn zärtlich. »Manchmal vermisse ich das«, sagte sie ins Dunkel. »Ich nehme einen Kerl mit zu mir nach Hause, und eigentlich will ich nur, dass jemand neben mir ist, mit mir im Dunkeln redet, Löffelchen mit mir liegt, morgens mit mir frühstückt und einfach so selbstverständlich da ist und wieder geht und wieder kommt. Aber das klappt nie. Die Kerle wollen nie Löffelchen machen.«

»Armes Ding«, flüsterte Philipp und legte den Arm um sie. »Wenn du nicht so eine elende Kratzbürste wärst, würde ich mit dir zusammenziehen. Dann könnten wir jede Nacht wie Brüderchen und Schwesterchen zusammen brav das Lager teilen und könnten dadurch alle frustrierenden sexuellen Begegnungen mit Fremden ein für alle Mal streichen.«

»Sag bloß, du hast sexuelle Begegnungen mit Fremden.«

»Nein. Aber es klingt gut, oder?«

»Hmm.«

»Und alle würden uns für gestört halten.«

»Sind wir doch auch«, seufzte Sanne. »Andere

haben in unserem Alter schon Kinder, sind glücklich verheiratet oder haben wenigstens eine ernst zu nehmende, gemütliche Beziehung.«

»Weil sie es geschafft haben, den Kerl dazu zu bringen, Löffelchen zu liegen.«

»Weil sie keinen blöden Bruder haben, mit dem es sowieso besser geht.«

»Schlaf gut, du unverschämtes Ding.«

»Das waren zwei Beleidigungen in einem Satz. Das ist gegen die Regel.«

»Kannst du eigentlich mal die Klappe halten und die Augen zumachen, oder musst du immer das letzte Wort haben? Schlaf jetzt.«

»Ich bin älter. Das letzte Wort steht mir zu.«

»Schlaf!«

»Wusste ja nicht, dass du noch was sagen wolltest.«

Auf dem Weg zur Christmette wogte in Sabrinas Herzen eine verzweifelte Erleichterung bei jedem Schritt auf und ab, die durch die Erkenntnis entstanden war, dass ihr Dirigent den Engel wohl einfach vergessen hatte. Ausgepackt und vergessen! Das Geschenk, das sie voll liebender Gedanken ausgesucht und verpackt hatte, hatte er einfach liegen lassen, einfach vergessen. Sie bedeutete ihm nichts. Rein gar nichts. Nichts. Auf dem Weg in die Kirche hatte sie aus Verzweiflung darüber ein paarmal schluchzen und eine Träne wegwischen müssen, die sie geweint hatte. Und dann noch eine. Und noch eine. Sie musste kurz stehen bleiben, um sich zu schnäuzen und um alle Tränen wegzuwischen, alle. Als sie ihr Taschentuch wieder in die Manteltasche zurückstopfte und hoffte, dass man ihr gleich in der Kirche nicht ansehen würde, dass sie geweint hatte, spürte sie plötzlich, dass sie auch erleichtert war. Vielleicht hatten die Tränen in ihrem Herzen Platz geschaffen. Für ein neues Bild eines neuen Traummannes, dessen Wimpern verschneit waren. Verschneite Wimpern. Sie hatte sogar leise lächeln müssen beim Gedanken an diese Augen, und als sie die Sakristei betrat, um ihre Noten zu holen, hatte sie gar nicht bemerkt, dass sie schon an dem Dirigenten vorbeigegangen war. Genauso wenig hatte sie bemerkt, dass zwei ihrer Mitsängerinnen sich nach ihr umdrehten, als sie an ihnen vorüberging. Weil sie irgendwie strahlte.

»Das war ein schönes Weihnachten, oder? Du hast ja eine halbe Ewigkeit mit der Kleinen gespielt.« Michael legte den Arm um seine große Tochter, als sie die letzten Stufen nach oben gingen, nachdem er es endlich geschafft hatte, sich loszureißen. »Ihr saht süß aus, ihr beiden. Das hat der kleinen Jule bestimmt gefallen.«

»Es war ihr erstes Weihnachten, nachdem sich ihre Eltern getrennt hatten. Daran wird sie sich immer erinnern. Ich wollte, dass sie sich an etwas voll Schönes erinnert. Dass es viel schöner ist als vorher, weil jemand pausenlos mit ihr spielt, bis sie umfällt, so wie Eltern das nie machen, weißt du.«

Plötzlich kam ihm seine Tochter so groß vor, so erwachsen, und gleichzeitig war sie für ihn noch immer sein kleines Mädchen. »Kannst du dich denn noch an dein erstes Weihnachten erinnern, nachdem wir uns getrennt hatten?«, fragte Michael, und sofort legte sich eine Beklemmung auf seine Brust. Er musste das jetzt fragen, das wusste er, er hatte sich vorgenommen, seinen Blick zu öffnen, aber er wusste jetzt schon, dass er die Antwort nicht unbedingt hören wollte.

Nina blieb auf der Treppe stehen und sah ihn an.

»Ja«, sagte sie. »Ich weiß es noch. Es war schrecklich. Erst waren wir bei dir, und du warst die ganze Zeit lustig und hast Quatsch mit uns gemacht, aber es war so komisch, dass Mama nicht dabei war, und deine Wohnung war überhaupt nicht gemütlich. Es war gar kein Weihnachten darin. Und dann hast du uns zu Mama gebracht, und dann war es nicht mehr lustig. Ihr habt euch gleich an der Tür gestritten, und dann bist du weg, und sie war sauer auf dich, weil wir zu spät gekommen waren und sie schon gewartet hatte, und dann hat sie geweint, und alles war ganz toll geschmückt und hat geglitzert, aber Mama verschwand im Bad. Als sie dann wieder rauskam, hat sie so getan, als wäre nichts. Als wäre es ganz toll, dass jetzt Weihnachten ist. Und es war einfach scheiße, weißt du. So war das erste Weihnachten.«

Michael hatte es bei der Erzählung den Hals zugeschnürt. Ja, er erinnerte sich auch daran, und es zerriss ihm fast das Herz. Das war die Erinnerung. Die würde Nina immer haben. Die würde er ihr nie mehr nehmen können. Was immer auch sein würde, wie viele noch so schöne Weihnachtsfeste sie auch feiern würde, sie würden sich zu dieser Erinnerung dazureihen. Selbst zwanzig wunderschöne Weihnachtsfeste würden dieses Fest nie ungeschehen machen und die Erinnerung daran niemals ausradieren können. Weil es eben Weihnachten war.

Er nahm Nina in den Arm. »Es tut mir leid«, sagte er leise. »Es tut mir so leid.« Er spürte, wie ihm Tränen in die Augen stiegen, die er noch nie geweint hatte. Sie brannten entsetzlich. Er hielt Nina ganz fest und legte sein Gesicht auf ihr Haar, das schon nicht mehr roch wie das Haar eines Kindes. Sie würde groß werden und erwachsen und sich immer an dieses Weihnachten erinnern. Das hatte er seiner Tochter mitgegeben. Er fand das plötzlich alles so unfair. Das hatten sie beide den Kindern mitgegeben. Eine Erinnerung an Weihnachten, die jedes Jahr wiederkommen würde. Er kam sich so lächerlich vor in all seinen Bemühungen. Ein guter Vater hatte er sein wollen, ein Freund seiner Kinder. Alles hatte er richtigmachen wollen. Er hatte sogar die Trennung von Gila richtig gefunden. Auch für die Kinder. Er hatte sie immer schützen wollen. Vor allem, was sie verletzen könnte. Sie immer beschützen, damit sie nicht die Treppe hinunterfielen oder sich in den Finger schnitten, sich an Kerzen verbrannten, sich an Türen klemmten, dass sie nicht an die schlechtesten Schulen kamen und von dummen Lehrern verkannt wurden, dass sie nicht kleingemacht wurden und dass sie nicht falschen Menschen vertrauten und enttäuscht wurden, und am liebsten hätte er ihnen auch den ganzen schrecklichen Liebeskummer erspart, den sie in ihrem Leben noch zu durchleiden hatten. Er hätte sie gerne vor allem Kummer beschützt. Immer. Und dieses eine beschissene Weihnachtsfest war ein Geschenk, das er seinen Kindern gemacht hatte. Und er konnte es nicht mehr zurücknehmen. Nie mehr. Und beinahe hätte er ihnen das diesjährige Weihnachtsfest auch vermasselt. Wenn ihn der Zufall nicht gerettet hätte. Er spürte, wie Ninas Schultern zuckten, und er hielt sie noch fester. »Mein Kleines«, murmelte er. »Ich wünschte, ich könnte dir ein Weihnachten schenken, das alles wiedergutmacht. Wenn ich einen Wunsch frei hätte. Das würde ich dir schenken.«

Langsam ließ das Beben in Ninas Schultern

nach. Ein verheultes Gesicht kam zum Vorschein, und sie verzog den Mund zu einem wackeligen Grinsen. Michael quoll schier über vor Liebe. »Komm, Papa«, sagte sie, »hier zieht's.« Er folgte ihr die Stufen hinauf. Als sie die Wohnungstür aufschloss, drehte sie sich zu ihm und sagte: »Weißt du, es gibt echt viel schlimmere Väter als dich.«

Und er ahnte, dass das eine der schönsten Liebeserklärungen war, die er in seinem Leben bekommen würde.

Rosa legte ihre Kleider ordentlich über den Stuhl in ihrem Schlafzimmer und zog ihr Nachthemd an. Sie kämmte ihr helles Haar und legte sich ins Bett. Bevor sie die Nachttischlampe ausknipste, lächelte sie Albert zu, der sie jeden Abend in seinem Hochzeitsanzug anstrahlte, um ihr eine gute Nacht zu wünschen, und sie jeden Morgen aufs Neue begrüßte. Was für ein stattlicher Mann, dachte sie. Und was für eine hübsche Frau an seinem Arm. Wir sind ein schönes Paar, mein Albert. Wir gehören zusammen, wir zwei. Für immer zusammen.

Ein heller Schimmer schien von draußen durchs Fenster herein in ihr Zimmer, es war dieses besondere Licht, mit dem der Schnee die Nacht sanft erleuchtete. Es war ein wirklich schönes Licht. Es war hell und sanft, und sie wusste, dass sie keine Angst mehr haben musste. Sie würde einfach in das Licht hineingehen. Sie würde in das Licht hineingehen, und alles wäre gut.

Isabell und Nick sahen sich stumm an, als sie die Wohnungstür hinter sich schlossen. Wortlos zogen sie sich aus, ließen ihre Kleider auf den Boden fallen und schlüpften schweigend unter die Decke, wo sie das Sprechen ihren Fingerspitzen überließen, die suchend über Wirbelbögen glitten. Ließen ihre Lippen ohne Worte über ihre versöhnlichen Schultern streifen, ließen ihre Arme und Beine von der Sehnsucht sprechen, mit der sie sich festhielten und verbanden und so innig ineinander schmolzen, dass kein noch so dünner Zweifel mehr zwischen sie passte.

Draußen leuchtete der Schnee, und Miriam konnte nicht schlafen. Sie hatte es geschafft, Julchen das Samtkleid auszuziehen und sie so, wie sie war, ins Bett zu tragen. Sie hatte die Fenster weit geöffnet, um die herrliche klare Winterluft hereinzulassen, und nun lag sie in ihrem Bett, spürte, wie die Luft ihr Gesicht kühlte, und lauschte ihrem klopfenden Herzen. Lauschte, wie es vom Leben flüsterte, wie es lockte und warb, und spürte das Leben wie lange nicht. Als wäre es endlich in ihr erwacht nach einem langen Schlaf, wäre jetzt ausgeruht und voller Hunger und Durst. Als wollte es loslaufen und riefe ihr zu, ihm doch zu folgen. Komm, rief das Leben. Komm! Und zum ersten Mal seit Langem lag sie gerne wach und lauschte diesem Ruf. Monatelang war sie immer erst zu Bett gegangen, wenn sie schon so müde war, dass sie einfach in taube Bewusstlosigkeit fiel, bevor irgendein dunkler Gedanke sich in ihr festsetzen konnte, um sie quälend wach zu halten. Heute fand sie es schön, alleine mit ihren Gedanken im Bett zu liegen. Es waren hellere Gedanken, die sie gerne dachte. Was für ein sonderbarer Weihnachtsabend, der ihr so viel Geselligkeit beschert hatte, dass sie noch ganz trunken war davon. Von den Stimmen, die in ihr nachklangen, von den Gesichtern, die sie gesehen hatte. Von all den Lichtern. Sie lag wach, und sie fühlte und sie genoss es. Sie spürte, wie sich ihre Lunge mit Atem füllte und ihn wieder hergab, spürte, wie ihre Brust sich hob und senkte, fühlte, dass es genug Luft für sie gab, dass es ihr Element war, und empfand ihr Atmen plötzlich als wunderbare Gewissheit. Dass sie atmen konnte! Was für ein Wunder! Sie atmete aus und wieder ein. Und nur weil sie ausatmete, konnte sie wieder einatmen. Und nur weil sie einatmete, konnte sie wieder ausatmen. Sie lag lächelnd im Bett, atmete ein und aus und lauschte ihrem Atem und ihrem klopfenden Herzen, bis sie langsam in den Schlaf hinüberglitt.

Am Morgen schien die Sonne aus einem blauen Himmel auf eine verschneite, glitzernde Welt. Eine unberührte weiße Decke hatte sich über alles gelegt. Über die Straßen und die Gehwege und jede Stufe jeder Treppe, sie hatte die Autos, die am Rand parkten, genauso zugedeckt wie die Mülltonnen und die Gartenzäune und jedes Fenstersims und jeden Mauervorsprung, jeden einzelnen noch so kleinen Ast der Bäume, die die Straßen säumten und jedes Häuserdach, über dem sich der Himmel in eine lichterfüllte, unendliche Weite dehnte.

Plötzlich war der Morgen so hell, dass er fast auf der Netzhaut brannte, die sich doch schon daran gewöhnt hatte, dass die Tage sich nicht mehr vollständig vom Dunkel befreien konnten. Lider schlossen sich, geblendet, blinzelten erst vorsichtig, ließen das Licht durch kleine Öffnungen herein, bis die Augen sich nach einigen Sekunden daran gewöhnt hatten und weit offen in diese strahlende Welt blickten. Man konnte sich schnell gewöhnen an das Licht.

Als Herr Eberling aufwachte, erschrak er, weil es so hell war in seinem Schlafzimmer. Er hatte lange nicht mehr so fest geschlafen, dass er im hellsten Sonnenschein aufgewacht war. Normalerweise ging er früh zu Bett und stand auch früh wieder auf. Das war wichtig. Regeln waren wichtig. Sie halfen durch den Tag. Das hatte er nach Mariannes Tod erfahren. Er hatte sich eisern an seine Regeln gehalten, und das war richtig so. Sechs Uhr dreißig aufstehen und anziehen, sieben Uhr frühstücken. Sieben Uhr dreißig Tisch abräumen, spülen, Bett machen. Dann aufräumen, Besorgungen erledigen, um halb zwölf Mittagessen kochen und um zwölf essen. Das machte er jeden Tag so. Heute war es schon nach neun. Neun Uhr! So lange hatte er noch nie geschlafen. Es ist auch spät gewesen gestern, dachte er, während er in seine Pantoffeln schlüpfte, die wie immer vor dem Bett standen. Viel später als gewöhnlich. Erst jetzt merkte er, dass er einfach aufgestanden war, dass er seine Hüfte gar nicht bemerkt hatte beim Aufwachen. Er horchte vorsichtshalber noch einmal zu seiner Hüfte hin. Nichts. Sie tat ihm heute nicht weh. Wie ungewöhnlich. Fast lächelte er. Und was für ein ungewöhnlicher Abend das gewesen war. Erst das Kind, das ihn holen wollte, dann war das ganze Haus bei dieser jungen Frau gelandet. Und dann die Seife. Mariannes Seife. Maja. Er hob seine Hände an die Nase, um zu riechen, ob noch eine Spur davon an ihnen haftete. Natürlich war der Duft verflogen. Trotzdem kam es ihm so vor, als könnte er ihn riechen. Als wäre der Duft wieder zurückgekommen, als wäre etwas wieder da, das er völlig vergessen hatte. Er schüttelte den Kopf. Er würde später darüber nachdenken müssen.

Er ging in die Küche und füllte Wasser in die Kaffeemaschine, löffelte das Pulver in den Filter und schaltete das Gerät an. Es brummte und gluckerte ein wenig. Allmählich begann sich der Geruch von Kaffee in der Küche auszubreiten, und er merkte, dass er richtigen Kaffeedurst hatte. Er deckte den Tisch, holte eine Tasse und ein Frühstücksbrettchen aus dem Schrank, Butter und Dosenmilch aus dem Kühlschrank, und stellte das Marmeladenglas dazu. Als der Kaffee fertig war, setzte er sich an den kleinen Küchentisch, um zu frühstücken. Während er sich eine Scheibe Brot mit leuchtend roter Erdbeermarmelade bestrich, hatte er plötzlich eine Idee. Er begann schneller zu essen, weil die Idee in ihm wirbelte, weil er plötzlich aufgeregt war und sie am liebsten gleich in die Tat umgesetzt hätte. Fast wäre er sofort aufgesprungen, doch die süße rote Marmelade und der Kaffee schmeckten ihm heute so viel besser als sonst, und er stellte verwundert fest, dass er richtig hungrig war. Er machte sich sogar ein zweites Brot, schenkte sich Kaffee nach und lächelte bei dem Gedanken an sein Vorhaben. Kein Wunder, dass Marianne Rot so geliebt hat, dachte er, als er in sein Marmeladenbrot biss. Rot hatte einfach noch mehr Farbe als alle anderen Farben.

Miriam schlief nicht mehr, aber sie war auch noch nicht ganz wach, als sie hörte, wie ihre Tür sich leise öffnete. Dann hörte sie kleine nackte Füße über den Dielenboden tapsen, und kurz darauf kuschelte sich Julchen zu ihr unter die Decke und flüsterte ganz laut und aufgeregt: »Es ist alles weiß, Mama, alles, es liegt ganz viel Schnee, und es ist so schön, und wir haben noch nicht Geschenke ausgepackt, es ist doch noch Weihnachten, oder, die können wir doch bestimmt jetzt auspacken, oder? Mama, bist du schon wach? Mama …?«

Miriam lächelte und versuchte, die Augen zu öffnen, das war gar nicht so einfach, aber nach ein paarmal Blinzeln schaffte sie es. Hmmhmm, seufzte sie zärtlich und nahm Julchen in die Arme. So lagen sie eine Weile aneinandergeschmiegt in der warmen Höhle des Bettes, Miriam noch ganz schwer und warm vom Schlaf, während Julchen immer mehr hin und her zappelte, bis sie es vor lauter Neugierde wirklich nicht mehr aushalten konnte und Miriam ein Einsehen hatte. Sie schwang sich aus den Federn, trat ans Fenster, um in die weiße Welt da draußen zu lächeln, und lief dann in die Küche, um Teewasser aufzusetzen und warmen Kakao für Julchen zu machen.

Zum Glück hatte sie nachts noch das Gröbste aufgeräumt und eine Ladung Geschirr in die Spülmaschine gestellt. Sie entfernte rasch noch ein paar Reste aus dem Wohnzimmer, wischte den Tisch ab und öffnete die Fenster weit, um die frische Morgenluft hereinzulassen. Sie atmete tief ein. »Nachher machen wir einen schönen Schneespaziergang!«, rief sie Julchen zu. »Und wir bauen einen Schneemann!«

»Aber erst Bescherung, erst Bescherung! Zuallererst Bescherung!« Julchen hüpfte singend durch die Wohnung und kam mit einem Päckchen ins Wohnzimmer, das sie unter den Tannenbaum legte. »Das hat das Christkind beim Papa für dich abgegeben. Und er hat mir gesagt, ich soll es dir geben.« Miriam spürte, wie sofort eine vertraute Aufregung Besitz von ihr ergriff. Wie immer, wenn sie unverhofft auf Jan stieß, wenn sie nichts ahnend plötzlich ein Foto von ihm sah, wenn er erwähnt wurde, wenn sie nicht damit gerechnet hatte. Es war eine Aufregung, die sich körperlich äußerte, wie eine Mischung aus Lampenfieber und Prüfungsangst. Erst beschleunigte sich ihr Puls, dann wurde ihr fast übel, ihre Hände begannen zu zittern, die Handflächen wurden feucht, und sie bekam Angst, dass ihre Stimme versagen würde, wenn sie jetzt sprechen müsste. Sie musste nicht sprechen, sie musste nichts machen. Sie ging in die Küche, um den Tee aufzugießen, und versuchte dabei tief zu atmen, versuchte die Aufregung wegzuatmen, und während die Teeblätter sich in dem heißen Wasser entfalteten, schaute sie aus dem Küchenfenster in den weiß verschneiten Hinterhof und spürte, wie der Anblick sie innerlich besänftigte. Der Hof war gestern Morgen noch so grau gewesen, jetzt war er weiß, und jedes Fenstersims trug ein Schneekrönchen. Es war so still hier, und obwohl es städtisch aussah, war es wie in einem kleinen Dorf. Hinter jedem Fenster in diesem Hof wohnte jemand. Und hinter jedem Fenster lag eine Geschichte, die erzählt werden könnte. Eine lustige vielleicht, und nebendran eine traurige. Sie wohnten hier alle in diesem Straßenblock, den ein paar große aneinandergesetzte Stadthäuser zusammen bildeten. Die linke Außenwand des einen Hauses war gleichzeitig die rechte Außenwand des Nachbarhauses, sie waren verbunden durch all die Mauern und all die Blicke, die sie einander zuwerfen konnten, in erleuchtete Fenster oder von Balkon zu Balkon. Sie sah die nicht mehr ganz junge Dame direkt gegenüber in ihrer Küche Frühstück machen. Geschäftig lief sie auf und ab, bestimmt hört sie dabei klassische Musik, dachte Miriam, sie und ihr Mann sahen aus wie ein musikliebendes älteres Ehepaar. Und sie konnte die junge Familie, die direkt daneben wohnte, sehen, die schwangere Frau schob ihren dicken Bauch vor sich her, und Miriam konnte sich vorstellen, wie sie den zwei kleinen Kindern Frühstück machte, die wahrscheinlich schon am Tisch herumzappelten und ungeduldig mit den Tellern klapperten. Bei dem jungen Mann obendrüber war noch alles dunkel. Entweder, er war verreist, oder er schlief noch. Bei ihm hatte sie noch nie Besuch gesehen. Nur sein

Kopf tauchte manchmal spätabends im Fenster auf. Sie fühlte sich ihnen allen verbunden, Mauer an Mauer wohnten sie hier, und sie war nicht mehr allein. Sie fühlte sich verbunden mit dem jungen Pärchen unter ihr, mit ihrer bemühten Nachbarin gegenüber, mit der alten Dame und ihren wippenden Löckchen, mit den Hennings und ihren Kindern, deren Schritte sie in der Wohnung über ihrer eigenen hören konnte, mit dem Bassisten, der sie so interessiert beobachtet hatte, seinen Kindern, die schon älter waren als Julchen, und auch mit dem alten Eberling fühlte sie sich heute verbunden, sie hatte seine Hand gehalten.

Da waren all diese Fenster und die Geschichten dahinter, und auch sie hatte ein eigenes Fenster und ihre eigene Geschichte. Jan war weg, aber sie war nicht allein, es gab Julchen. Und sie war Teil von etwas Neuem. Sie hatte sogar einen Mann kennengelernt. An Weihnachten. Einen Weihnachtsmann. Miriam lächelte bei dem Gedanken an ihn. Sie rührte Kakao in die warme Milch, goss sich eine Tasse Tee ein und ging ins Wohnzimmer. Sie würden jetzt ihre Bescherung machen. Und sie würde Jans Päckchen auspacken. Es war Weihnachten.

Das Päckchen war leicht, und als sie sich durch das rote Seidenpapier wühlte, um zum Inhalt vorzudringen, der sich darin irgendwo verbarg, ahnte sie schon, was es war. Es war ein Anhänger für den Weihnachtsbaum. Eine kleine Elfenkönigin, die in einem dunkelblauen Gewand auf einem Thron saß und unter ihrer etwas schief sitzenden Krone lächelte.

Julchen beobachtete ihre Mutter aufmerksam. »Gefällt sie dir?«, drängelte sie, weil es ihr zu lange dauerte, bis Miriam etwas sagte. »Die ist doch schön, oder? Hat Papa die nicht gut ausgesucht?«

Miriam sah Julchen an und nickte. »Die ist supergut ausgesucht. Die passt genau an unseren Weihnachtsbaum, oder?« Sie stand auf, um einen Platz an dem Baum zu suchen, und hängte die kleine Königin so, dass sowohl Julchen als auch sie die Figur gut sehen konnten.

»Und weißt du was«, sagte sie und wunderte sich selbst ein wenig, dass sie das jetzt tat, »ich habe ja die anderen Anhänger von Papa ganz vergessen, aber die hole ich jetzt, und die hängen wir dazu, damit sich die kleine Königin hier nicht alleine fühlt.«

Miriam musste zu jedem einzelnen Anhänger

sagen, wann sie ihn bekommen hatte. Welches der erste war, wusste sie natürlich. Das war das rote Herz, das über und über mit Rosenranken bedeckt war. Julchen nahm es vorsichtig und suchte einen Zweig, an dem noch Platz war. Der zweite war ein Froschprinz auf einer goldenen Kugel. Als Miriam Julchen dabei beobachtete, wie sie auch den Frosch mit sehr viel Bedacht an einen leeren Tannenzweig hängte, war sie froh, dass sie die feinen Gebilde gestern nicht zerstört hatte. Sie waren so zerbrechlich wie ihr Gefühl zu den einzelnen Jahren, das sie nun neu entdecken musste. Aus Hüllen und Hüllen von hübschem Seidenpapier musste sie das Gefühl neu herauskramen.

Es war ja nicht jedes Jahr ihres gemeinsamen Lebens schlecht geworden, nur weil Jan jetzt weg war. Es waren gute Jahre gewesen. Im Großen und Ganzen waren es doch schöne Jahre gewesen, und sie waren einmal glücklich gewesen. Ihre Erinnerung daran musste vielleicht gar nicht zerstört werden, vielleicht könnte sie lernen, die Zeit zu betrachten, wie sie eben gewesen war, und annehmen, dass sie sich geändert hatte.

Sie wühlte im Papier und wusste plötzlich

nicht mehr genau, ob zuerst der Elf mit dem Tannenbaum in der Hand oder die mit Stechpalmen verzierte Weihnachtstorte dazugekommen war. Julchen sah sie abwartend an, und obwohl es Miriam verstörte, dass sie es einfach nicht wusste, behauptete sie, die Torte wäre zuerst gekommen und dann der Elf. In ihrem fünften Jahr, dem Jahr, in dem Julchen geboren worden war, wurde es wieder einfach. Eine Fee mit wehendem lila Gewand und einem Körbchen im Arm, in das Jan eine winzige Babypuppe hineingelegt hatte, aus rosa Plastik und so groß wie ein halber kleiner Fingernagel, wie aus einem Kaugummiautomaten. Miriam schossen die Tränen in die Augen, aber sie machte einfach weiter, kramte im Papier nach dem nächsten Anhänger und musste sogar lachen, als das kleine Plastikpüppchen bei Julchens Versuch, es an den Baum zu hängen, aus dem Feenkorb fiel und auf dem Ast darunter liegen blieb, als gehörte es dorthin. Es gab einen Engel mit Posaune und eine Vorlese-Elfe mit einem riesigen Buch auf dem Schoß, die hatte sie in dem Buchladen gesehen, in dem sie immer die Bücher zum Vorlesen für Julchen gekauft hatte, und gar nicht gedacht, dass Jan da auch hinging, aber offensichtlich hatte er es getan und ihr genau den Elfen geschenkt, den sie am schönsten fand. Es gab eine Christrose und einen bunt gefiederten Vogel, auch hier wusste sie die Reihenfolge nicht ganz genau, aber den Weihnachtsmann vom letzten Jahr, mit dem großen Sack, aus dem eine bittere Wahrheit herausgesprungen war, den konnte sie wieder sehr genau einordnen.

Als sie später zusammen in dem kleinen Garten einen Schneemann bauten, hatte Miriam das Gefühl, dass Julchen das schöner gefunden hatte als ihre ganzen eigenen Geschenke. Dass sie zusammen Jans Weihnachtsanhänger an ihren Baum gehängt hatten. Und ihr selbst kam es auch so vor, als hätte sie sich damit etwas geschenkt.

Er war lange nicht im Keller gewesen. Das Treppensteigen war ihm mit der Hüfte zu mühsam geworden, und er wusste auch nicht mehr so recht, was eigentlich alles im Keller lagerte. Eigentlich müsste man hier mal aufräumen, dachte er, als er die Tür zu seinem Verschlag öffnete und das Licht anknipste. An der Seite gegenüber der Tür zog sich ein Regal über die ganze Länge. Das hatte er mal gebaut, damit sie Ordnung hatten im

Keller. Das war lange her. Auf der einen Seite waren Werkzeuge, Sachen fürs Auto, eine Lampe, das war seine Seite gewesen. Auf Mariannes Seite hatten immer Vorräte gestanden, die waren jetzt natürlich fast alle weg. Er hatte sie nach und nach mit hochgenommen und gegessen. Seitdem hatte er keine Vorräte mehr gelagert. Er ging ja fast jeden Tag einkaufen.

Das Regal war staubig. Er hob die Hand und malte mit dem Finger kleine Kreise auf das Brett, auf dem die Marmeladen gestanden hatten. Dann malte er größere Kreise dorthin, wo das Eingemachte immer gewesen war. In seiner Hosentasche fand er ein Taschentuch, das er herauszog, um den Staub aus den leeren Regalfächern zu wischen. Mariannes Regal war so leer und verstaubt, dass es ihm den Hals zuschnürte. Er wischte und wischte, bis kein Stäubchen mehr dort lag und sein großes weißes Taschentuch ein kleines schwarzes Knäuel war. Er versuchte es auszuschütteln, doch nur ein paar Flocken fielen auf den Boden, denn der Staub klebte richtig fest an dem Tuch. Eine ganze Weile stand er so da und betrachtete die leeren Fächer, bis ihm wieder einfiel, warum er hierhergekommen war. Wie hatte die Kiste noch mal ausgesehen? Sie musste ja hier im Regal stehen. Er nahm einen Schuhkarton vom Brett und sah hinein. Weiße Geburtstagskerzen mit kleinen grünen Kleeblättern und roten Herzchen. Und der Holzring, der immer auf dem Geburtstagstisch seiner Tochter gestanden hatte. Mit dem kleinen Kreis für die große Kerze in der Mitte. Ein paar Luftschlangen. Er setzte sich auf den Tritt, der vor dem Regal stand. Die Ungeduld seiner Tochter, wenn sie Geburtstag hatte, ihr strahlendes Gesicht beim Kerzenauspusten, weil sie so fest glaubte, dass der Wunsch in Erfüllung gehen würde. Maja, die den Abend vorher in der Küche herumgewerkelt hatte, damit am Morgen alles schön war. Sie hatte den Kuchen verziert, den Geburtstagstisch geschmückt, Blumen um den Teller ihrer Tochter gelegt. Er schob den Deckel zurück auf die Kiste und erhob sich, um eine andere herunterzunehmen. Er streckte sich, um den etwas größeren Karton direkt daneben herauszuziehen, und öffnete ihn. In diesem war Ostern. Die ganzen ausgeblasenen Eier. Er hatte immer pusten müssen, weil die beiden fanden, er hätte die meiste Kraft dafür. Er hatte oft Sternchen gesehen, aber er hatte gepustet, was das Zeug hielt, und die zwei hatten die Eier bemalt und an den Strauch gehängt. Wie hießen diese gelben Zweige noch mal, kleine gelbe Sterne hatten die, an denen hatten die Eier dann gehangen. Wo war denn das eine Ei, das einmal so viel Ärger verursacht hatte? Das Ei des Anstoßes, bestimmt hatte Marianne es weggeworfen. Vorsichtig kramte er zwischen all den zerbrechlichen Kunstwerken herum. Nein, hier war es. Gelb, mit einer kleinen roten Sonne. Atomkraft? Nein danke!, stand darunter ganz klein und etwas verschmiert, sodass es fast nicht lesbar war. Heike hatte sich köstlich amüsiert, denn Marianne und ihm war es erst überhaupt nicht aufgefallen, was für ein Ei da an ihrem Osterstrauß hing. Dass sie so politisch geworden war, damit waren sie nicht gut klargekommen. Und dann noch so links. Das waren diese Freunde, die hatten sie beeinflusst. Aber als er jetzt das Ei in der Hand hielt, musste er lächeln, dass sie sich so aufgeregt hatten damals. Ein gelbrotes Ei. Es hatte jedenfalls gut zu den Zweigen gepasst! Wie hießen die bloß noch gleich? Ob es ein Medikament gab, das man nehmen könnte, damit man sich an alles wieder besser erinnerte?

Hier waren noch mehr Kartons. Er musste auf den Tritt steigen, um besser daran zu kommen, und hielt sich kurz am Regal fest. Das müsste halten, er hatte es ja damals ordentlich verschraubt. Er schaute in einen weiteren Karton: In dem war die Weihnachtskrippe. Er hob den Deckel des nächsten: Das war er. Dieser und der Karton direkt daneben. Nach denen hatte er gesucht. Er nahm einen nach dem anderen herunter und überlegte, ob er sie beide gleichzeitig nach oben tragen könnte, aber dann beschloss er, besser mehrmals zu gehen. Er hatte ja noch Zeit. Für das, was er vorhatte, brauchte er die allerdings auch.

Als Philipp in die Küche kam, verzog Sanne gerade das Gesicht, weil sie versuchte, das ganze Gänsefett, das ihr Vater in die verschiedensten Gefäße gefüllt hatte, aus ebendiesen wieder herauszubekommen.

»Nüchtern macht das keinen Spaß«, seufzte sie, »aber der Kaffee ist gleich fertig.«

In der Küche sah es schon wesentlich besser aus als am Abend zuvor. Die Spülmaschine lief bereits, der Küchentisch war abgeräumt und abgewischt, das welke Rotkraut war nirgends mehr zu sehen, und nur um die Spüle herum stapelten sich die sperrigeren Sachen, die nicht mehr in die Maschine gepasst hatten. Sanne hatte schon den Kaffee aufgegossen und den Backofen vorgewärmt, um Brötchen aufzubacken, die ihre Mutter immer eingefroren hatte für Sonntage. Sie warf ihrem Bruder den Spüllappen zu. Er fing ihn auf und trottete brav zur Spüle. »Dabei wollte ich dich gerade zur Küchenheldin des Weihnachtsmorgens ernennen«, sagte er und drückte ihr einen brüderlichen Kuss auf die Stirn.

»Und warum tust du es dann nicht?«, fragte Sanne.

»Weil ich den Orden doch selbst bekomme, wenn ich mir das Fettzeug hier so ansehe!«

Sanne lachte und begann, den Tisch zu decken.

»Hast du eine Ahnung, was mit unsern Oldies los ist?« Sanne legte die Tischsets hin. »Ich meine, hättest du es für möglich gehalten, dass sie den heiligen Heiligabend mit den Nachbarn feiern und sich derartig einen antrinken, dass wir sie die Treppe hochziehen müssen?«

»Und dass sie die heilige Gans verschenken.«

»Dabei war die doch vom Waldhof!« Sanne imitierte den Tonfall ihrer Mutter so genau, dass Philipp lachen musste.

»Und dass Mamas heilige Küche so aussieht!«

Sanne kicherte, als sie das Geschirr hinstellte und für sich und Philipp schon eine Tasse Kaffee einschenkte.

»Und dass wir das heilige Weihnachtsfrühstück richten? Mit garantiert falschem Geschirr.«

»Und falschen Brötchen.«

»Meinst du, die waren gar nicht für heute?«, fragte Sanne und schaute, ob der Tiefkühlbeutel, den sie schon aus dem Kühlfach herausgelegt hatte, eine Beschriftung hatte. Viele Beutel und Dosen im Gefrierschrank ihrer Mutter hatten eine Beschriftung und waren nach einem besonders ausgeklügelten System eingeräumt, das ihre Mutter perfekt beherrschte. Sobald jemand es durcheinanderbrachte, konnte sie schier verzweifeln.

»Nicht dass heute alles wieder anders ist und wir jetzt doch noch in eine Katastrophe schlittern, weil ich die falschen Brötchen auftaue …«

Als die Küche wieder glänzte und der Frühstückstisch fertig gedeckt war, war von ihren Eltern immer noch keine Spur zu sehen. Sanne und Philipp klopften leise an die Schlafzimmertür und öffneten sie vorsichtig, nachdem sie etwas gehört hatten, was wie ein »Ja« klang. Als sie ihre Eltern Arm in Arm im Bett liegen sahen, knuffte Philipp seine Schwester in die Seite und raunte ihr zu: »Und hast du das schon mal gesehen?«

»Frühstück ist fertig!«, riefen sie gemeinsam, und Sanne raunte leise zurück: »Früher vielleicht. Seeeehr früher. Bevor du geboren wurdest.«

»Ach, kommt jetzt wieder das Kapitel, wie ich dir dein Kindheitsparadies zerstört habe mit meinem Erscheinen?«

»Weil Weihnachten ist, überspringen wir es mal, okay?«

Sie kamen gar nicht mehr aus dem Bett heraus. Immer wieder mussten sie sich unbedingt umschlingen und halten und konnten sich nicht loslassen. Sie wollten keinen Stoff zwischen sich haben, und keine Luft und so eng zusammen sein, wie es nur irgend ging. Am liebsten hätte Isabell ihre Haut auch noch aufgeknöpft, um ganz und gar mit Nick zu verschmelzen. Sie war so froh, dass er da war. So froh. Als sie Durst hatte und Nick aufstand, um eine Flasche Orangensaft aus der Küche zu holen, rief sie ihm schon nach zwei Sekunden hinterher, wo er eigentlich bliebe, so lange könne das doch wohl nicht dauern, einen Saft aus der Küche zu holen. Später, als Isabell aufstand, um ihnen zwei große Schüsseln Milchkaffee und etwas Frühstück zu holen, weil sie nun doch so hungrig wurden, dass sie das Bett einfach verlassen mussten, folgte Nick ihr nach einer Minute in die Küche und hing an Isabell wie ein Schatten, in dem sie glücklich versank. Mit einem großen Tablett, voll beladen mit Croissants, die warm und knusprig dufteten, mit Marmelade und Nutella, mit Eiern, die perfekt wachsweich geworden waren, mit einer Tüte gefüllter Schokolebkuchenherzen und dem Milchkaffee gingen sie zurück in ihr Bett, wo sie alles um sich herum ausbreiteten und, ohne sich Gedanken um Krümel oder verschütteten Kaffee zu machen, mit Riesenappetit frühstückten. »Verlass mich nicht«, sagte Isabell, als sie Nick die Marmelade von der Schulter küsste, die sie ihm dort aus Versehen hingeschmiert hatte, »bleib bei mir. Viele Weihnachten lang. Alle Weihnachten lang.«

»Ich säge uns einen Baum aus Sperrholz«, flüsterte Nick, während er Isabell die Croissantkrümel aus dem Mundwinkel küsste, die an ihrer süßen Lippe kleben geblieben waren. »Für alle Weihnachten. Den stellen wir dann in unseren großen Keller, damit da auch was drinsteht, und dann malen wir ihn an, grün oder rot oder knallebunt.«

»Bunt wie 'n Gummiball?«

»Noch bunter. Dann haben wir nächstes Jahr kein Baumdrama. Der steht dann nämlich von alleine. Und schief wird er auch nicht.«

Isabell zog kurz fragend die Augenbrauen in die Höhe.

»Na ja, vielleicht ein bisschen. Also, wenn wir es wollen.«

»Ich will.«

»Ich auch. Und weißt du, warum ich eigentlich überhaupt keinen Weihnachtsengel im Baum brauche?«

»Hmm?«

»Weil ich immer einen neben mir habe.«

Drinnen war es genauso weiß wie draußen. Weiße Wände, weiße Bettwäsche, weiße Kittel, weiße Gesundheitsschuhe. Draußen eine weiße Baumkrone. Das war bei weitem das schönere Weiß. Und das Stückchen blauer Himmel, das dahinter durchblitzte, war am allerschönsten. Wie gerne würde er einen Schneespaziergang machen. In diesem herrlichen Sonnenschein.

Gregor hing ein bisschen durch. Gestern war das ja alles noch irgendwie lustig gewesen. Außerordentlich, wundersam fast. Wundersam und schmerzhaft. Heute war es nur noch schmerzhaft. Außerdem war Weihnachten, und er lag im Krankenhaus, und seine Gemeinde feierte ohne ihn. Er kannte hier niemanden so gut, dass er sich getraut hätte, am ersten Weihnachtsfeiertag anzurufen und zu fragen, ob ihn jemand besuchen und aufheitern könne. Er kannte außer seinen Eltern niemanden, den er anzurufen wagte an diesem hohen Feiertag. Das war *der* Familientag, an dem man als außer Gefecht gesetzter Pfarrer irgendwie völlig nutzlos war. Er seufzte. Er durfte sich noch nicht einmal auf die Seite drehen. Reglos lag er da und schaute in das unbewegte Weiß, das ihn umgab. Stabilisierung. Er seufzte noch einmal. Die Schwestern waren wirklich nett gewesen. Sie hatten ihm einen Stoß Bücher aus der Patientenbibliothek gebracht und ein Ladekabel für sein Handy besorgt, damit er sich krankmelden konnte. An Weihnachten im Krankenhaus, es war unvorstellbar! Er war so frustriert gewesen, dass er tatsächlich bei seinen Eltern angerufen hatte. Das hatte er schnell bereut. Aber zu spät. Sein Vater hatte sofort angefangen, ihm zu erzählen, trotz welcher Verletzungen und Krankheiten er sich stets in die Kirche geschleppt hatte, um seinen Dienst am Herrn und seiner Gemeinde zu absolvieren, während seine Mutter gleich begonnen hatte, die Reise zu planen, um ihren ans Bett gebundenen Jungen zu versorgen. Er konnte förmlich durch den Hörer hindurch sehen, wie ihre Augen aufleuchteten bei der Vorstellung, ihren lahmgelegten Sohn endlich mal wieder mit all der ihr eigenen mütterlichen Inbrunst zu verwöhnen. Und er ein wehrloses Opfer all dessen! Aber zum Glück hatte sein Vater schnell eingegriffen, jeden Gedanken an eine so lange Autofahrt an den Feiertagen rigoros abgewehrt, um gleich auf das wunderbare Pflegepersonal zu verweisen. Gregors Dankbarkeit für seine so viel weniger zart- und mitfühlende Art war groß. Obwohl er schon gerne seinen eigenen Schlafanzug gehabt hätte statt des Flügelhemdchens, das seine Männlichkeit nicht unbedingt unterstrich. Nicht dass er hier seine Männlichkeit großartig zur Schau stellen wollte. Aber es gab wenig Kleidungsstücke, in denen man sich seiner selbst so fern fühlte wie ein Krankenhausflügelhemd. Und seine Plätzchen hätte er jetzt auch gerne gehabt. Und seinen Tee. Dieser Hagebuttentee aus der Wärmekanne konnte einen ganz schön deprimieren.

Er dachte an gestern Abend. Und wenn er an gestern Abend dachte, dachte er sofort an Miriam. Eigentlich dachte er schon den ganzen Tag an Miriam. Er hatte ihre Hand gehalten. Sie hatte sie nicht weggezogen. Sie war wahrscheinlich einfach zu gerührt gewesen, als ihre Tochter das Gedicht aufsagte. Bestimmt hatte sie gar nicht realisiert, dass es seine Hand war, die die ihre hielt. Wenn er an sie dachte, war er beinahe froh über seinen Unfall, der ihn schließlich zu ihr geführt hatte. Letztendlich war es ja so. Sie war ihm schon in der Kirche aufgefallen, und dann war er mit einem Rutsch, sozusagen, auf ihrem Sofa gelandet. Sobald er wieder gehen konnte, würde er sie besuchen. Er wusste ja, wo sie wohnte. Und er wusste, wie sie wohnte. Wenn er nur in alle Zimmer hätte schauen können! Das Wohnzimmer hatte ihm gefallen. Ein Frauenzimmer. Es hatte ausgesehen wie ein Zuhause, mit dem Weihnachtsbaum, an dem sein Apfel hing. Wie ein kleines Paradies. Er musste lächeln, weil er dachte, dass er anscheinend in seine eigene Predigt gerutscht war. Ach, ermahnte er sich, Paradies, er kannte sie ja schließlich überhaupt nicht, es war ein Zufall gewesen, nichts weiter. Vielleicht würde sie ihn noch nicht einmal wiedererkennen, wenn er wieder bei ihr auftauchte. Aber man konnte ja wohl ein bisschen träumen. Vor allem, wenn einem das Hinterteil derartig wehtat.

Also schloss Gregor die Augen und träumte ein bisschen. Er sah ihr Gesicht. Die ganz dünne Haut um ihre Augen, die sich in viele feine Knitterfältchen legte, wenn sie lachte. Dann sah es aus, als wären ihre Augen eine Sonne, mit lauter Strahlenlinien, die in ihr Gesicht schienen. Und wie schnell sich die Haut gerötet hatte, als ihr die Tränen in die Augen stiegen. Und die Nasenspitze. Ihre Nasenspitze war rot geworden. Er träumte von ihrer Hand in seiner. Er sah sie in der Tür stehen, wie sie lachend ein Tablett mit Gläsern balancierte. Sah sie mit der alten Dame reden. Sah sie ihre Tochter auf den Schoß nehmen. Sah sie, wie sie ihm lächelnd ein Glas Punsch brachte. Stellte sich vor, sie lächelte ihn noch immer an – und wurde abrupt unterbrochen, weil die Tür mit Schwung aufgerissen wurde.

»Frohe Weihnachten! Na, so schlimm sind die Schmerzen wohl nicht, wenn ich Sie so lächelnd im Bett liegen sehe. Habe ich Sie geweckt?«

Der Notarzt von gestern Abend kam ins Zimmer gepoltert und zog sich einen Stuhl an sein Bett. »Wie geht's?«

»Ich habe Besuch! Hallo!«, rief Gregor. »Da geht's mir gleich besser. Aber ehrlich gesagt: Ich wäre lieber woanders.«

»Ehrlich gesagt, ich auch.«

Sie lachten.

»Was machen Sie überhaupt noch hier? Waren Sie die ganze Nacht unterwegs?«

»Ein bisschen Schlaf habe ich abbekommen. Könnte schlimmer sein. Jetzt wird es allerdings Zeit, dass wieder ein Einsatz kommt. Wenn nichts los ist, merkt man, wie müde man ist.«

»Gehört das zum Dienst dazu, dass Sie die Leute, die Sie draußen einsammeln, auch noch besuchen?«, fragte Gregor den Arzt. »Nette Angewohnheit!«

»Wenn ich ehrlich bin, und wir waren ja grade dabei, ehrlich zu sein, wollte ich Sie etwas fragen.«

Gregor sah ihn abwartend an. Der Arzt zögerte kurz, dann grinste er. »Ist völlig unberuflich. Ihre Freunde gestern Abend, diese nette Ansammlung von Menschen –«

»Das waren leider gar nicht meine Freunde«, unterbrach ihn Gregor. »Die haben mich nur aufgelesen.«

»Dann sind die ja noch netter, als es den Anschein hatte!«

»Absolut«, bestätigte Gregor.

»Dann wissen Sie auch nicht, wer die Frau war, die mir die Tür geöffnet hat?«

Gregor merkte, dass er den Arzt sehr plötzlich überhaupt nicht mehr freundlich fand. Kam hier herein, um ihn nach Miriam auszuquetschen. Er spürte eine Welle von Eifersucht in sich aufsteigen. Gleichzeitig war er erstaunt, dass er so reagierte. Schließlich kannte er sie ja kaum.

»Nein«, erwiderte er. »Die kenne ich nur von gestern. Leider. Kennen ist aber übertrieben.« Leider. Dachte er. Leider!

»Ich dachte, weil Sie ja ihren Engel in Ihrem Mantel gefunden hatten. Ich hatte das Gefühl, Sie würden sich kennen –«

»Ach, die meinen Sie!«, Gregor schaffte es gerade noch, die Erleichterung in seiner Stimme etwas zu unterdrücken. »Nun, kennen ist auch hier zu viel gesagt, aber sie singt in meiner Pfarrei im Kirchenchor, sie heißt Sabrina, ich komme gleich noch drauf, wie sie weiter heißt. Warten Sie –«

»Ich wollte sie nur noch mal nach dem Rezept für den Schokoladenkuchen fragen, den hatte sie doch gebacken, oder? Und ich will nicht das ganze Haus durchklingeln. Ich bin nämlich ziemlich schokoladensüchtig, wissen Sie, es gibt so Zeiten, da kann einem Schokolade echt durch den Tag helfen. Es sind zwar sonst meistens Frauen, die das von sich behaupten, aber manchmal trifft es wohl auch Männer. Vielleicht kommt das durch die Einsätze! Aber ich will natürlich nicht stören. Wenn sie nun mit ihrem Mann gemütlich Weihnachten feiert, oder mit ihrem

Freund, dann würde ich natürlich warten, bis die Feiertage vorbei sind …«

Gregor dachte an den vergessenen Engel, den er in der Sakristei gefunden hatte, und er hatte so eine Ahnung, wem sie ihn vielleicht hatte schenken wollen und wer ihn dort vergessen haben könnte. Aus Achtlosigkeit. Dieser Idiot. Er wusste schon, warum er den Dirigenten nicht sonderlich mochte. Jedenfalls schien Sabrina kein ausschweifendes Privatleben zu haben, schließlich war sie gestern Abend auch allein gewesen und hatte ihrer wundersamen Versammlung beigewohnt bis zum Schluss. Zumindest bis für ihn Schluss gewesen war. Und er hatte noch nie gesehen, dass jemand sie abgeholt oder auf sie gewartet hätte.

»Also, soweit ich weiß, könnten Sie es einfach mal versuchen. Ich weiß nichts von irgendwelchen Ehemännern oder Freunden. Der Chor singt heute Abend wieder, da ist sie um sechs Uhr in der Kirche, und mir fällt zwar jetzt ihr Nachname nicht ein, aber sie wohnt anscheinend gegenüber der Wohnung, aus der Sie mich hierher verschleppt haben.«

Der Arzt strahlte. »Das sind doch wertvolle

Informationen! Wenn ich den Kuchen backen sollte und Sie sind noch hier, bringe ich Ihnen ein Stück.«

»Nichts gegen Ihre Backkünste. Aber mir wär's lieber, ich wäre nicht mehr hier.«

»Glaube ich Ihnen aufs Wort. Kann ich denn noch irgendwas für Sie tun?«

»Sagen Sie Sabrina, sie soll ihre Nachbarin von mir grüßen. Auf deren Sofa ich so wohl gebettet war. Mit herzlichem Dank.«

»Wird gemacht.«

»Oder warten Sie! Sagen Sie, mit *sehr* herzlichem Dank.«

»Verstehe«, grinste der Arzt. »Nettes Haus, oder? Soll ich dazusagen, in welchem Zimmer Sie liegen?«

»Machen Sie, dass Sie wegkommen!«, sagte Gregor lachend. »Und viel Glück. Mit dem Kuchen.«

Als er auf dem Friedhof ankam, war er ganz außer Atem. Er stellte die schweren Taschen ab, die er mitgebracht hatte, und musste erst einmal verschnaufen, bevor er sich ans Werk machte. Sein heftig gehender Atem bildete weiße Wolken, denn obwohl die Sonne schien, war es sehr kalt. Doch er fror nicht. Die ungewohnte Bewegung mit dem schweren Gepäck, die doppelt warme Kleidung, die er angelegt hatte, um gut gewappnet zu sein gegen die Winterkälte, und sein Vorhaben sorgten dafür, dass ihm warm war. Er schaute sich um, während sich sein aufgeregter Herzschlag langsam beruhigte.

Zum Glück war es noch nicht so voll. Die meisten Besucher kamen erst nach dem Mittagessen, um ihren Toten schöne Weihnachten zu wünschen. Deshalb war er heute früher dran. Er wollte fertig sein mit allem, was er vorhatte, bis die anderen Besucher kamen.

Bis vor allem eine andere Besucherin kam.

Auf dem Grab lag eine unberührte Schneedecke. Der kleine Zierahorn, den er damals neben dem Grabstein gepflanzt hatte, bildete mit seinen zarten, weiß bedeckten Ästen fast einen Schirm, und Herr Eberling nahm sich vor, sehr vorsichtig zu sein, damit er den Schnee so wenig wie möglich berührte. Das Grab sah aus wie eine Landschaft. Eine unberührte Schneelandschaft in Miniatur. Er sah Marianne und sich zusammen beim sonntäglichen Winterspaziergang, sah sie beide durch eine sanft wogende Hügellandschaft stapfen, die unter einer unberührten Schneedecke schlief. Sie hatten oft solche Spaziergänge gemacht. Man hatte stets ahnen können, was der Schnee unter sich verbarg, ohne es jemals genau zu wissen. Einen Zaun. Eine Hecke. Eine Bank.

Marianne hatte sich gefreut, wenn sie einen unberührten Weg gehen konnte. Wenn ihre Schuhe im frischen Schnee Spuren hinterließen, dann hatte sie sich oft umgedreht, um zurückzublicken, und gesagt, schau, nun sieht jeder, dass jemand hier war.

Er legte die Taschen auf die Bank, die nahe an Mariannes Grab stand, und begann alles hervorzuholen, was er hergeschleppt hatte. Man würde später ganz genau sehen, dass er da gewesen war. Nicht nur an den Fußspuren im Schnee.

Als Erstes packte er die Kerzen aus. Alle Kerzen, die er bei sich zu Hause gefunden hatte, stellte er in Gläsern auf den Grabstein und um das Grab herum, und auch einige in die Mitte der verschneiten Bepflanzung, zwischen die verschneiten Gestecke, die sowieso nicht rot genug waren und wie kleine Hügel aus der Landschaft ragten.

Er brauchte mehrere Streichhölzer, um die Kerzen anzuzünden, weil sie im Freien so leicht ausgingen und seine Hände etwas zitterten. Als alle Kerzen brannten, lächelte er. Das sah schön aus, die kleinen Lichter im Schnee. Es war zwar ein sehr heller und sonniger Tag, aber selbst in der Sonne konnte man gut sehen, wie die kleinen Kerzenflammen in ihren Gläsern hin und her tanzten. Also, Maja, flüsterte er. Nun hast du schon mal Licht. Aber jetzt pass auf, jetzt kommt noch mehr, das glaubst du gar nicht. Jetzt kommt nämlich Weihnachten. Du hattest so lange kein Weihnachten. So lange. Viel zu lange kein Weihnachten, murmelte er vor sich hin, während er die Schuhkartons und Dosen und Beutel öffnete, in denen sich ihr ganzer Weihnachtsschmuck befand, und dann begann er, das Grab seiner Frau zu schmücken, als wäre es ein Weihnachtsbaum. Oben auf den Stein zwischen die Kerzen, die dort brannten, setzte er die Engel und die Baumspitze und die roten Äpfel, die immer auf dem Buffet gelegen hatten. Die Äpfel waren aus bemaltem Ton, und er benutzte sie, um die roten Bänder zu beschweren, die er an den Seiten des Grabsteins herunterfallen ließ. Er stellte sich vor, wie ein leichter Wind aufkommen würde. Wie sie flattern würden!

Er lächelte. Es sah gut aus.

Dann ging er in die Hocke, um Sterne und Kugeln und alles, was er sonst noch an Baumschmuck gefunden hatte, an die zierlichen Zweige des Ahorns zu hängen. Seine Knie waren wirklich nicht mehr dazu geeignet, zu lange vor einem Grab im Schnee zu hocken. Sie begannen zu schmerzen, auch in seiner Hüfte zog es, doch er wischte den Schmerz einfach weg wie eine lästige Fliege. Sehr vorsichtig versuchte er, Kugel für Kugel aufzuhängen, ohne das Bäumchen zu berühren, damit der Schnee nicht von den feinen Ästen fiel. Doch es gelang ihm nicht. Seine Hände machten ja doch immer wieder, was sie wollten, und bis alle Kugeln an dem Ahorn hingen, hatte er den ganzen Schnee von den Zweigen abgeschüttelt. Er hängte das Lametta dazwischen, das Marianne früher Fädchen für Fädchen vom Baum eingesammelt und gebügelt hatte, um es im nächsten Jahr wieder zu verwenden. Da waren sie noch jung gewesen und hatten wenig Geld gehabt. Einen Moment lang überlegte er, wie lange das wohl her war. Ob das wirklich so lange her gewesen war oder ob sie es nicht auch später immer noch gemacht hatte. Das Bild von ihr, wie sie am Baum stand und die schillernden silbernen Fäden sammelte, schien ihm so wirklich. Als wäre es gerade erst passiert. Er konnte ihre Hände sehen, die die glänzenden Streifen hielten.

Ihre Hände.

Er schluckte. Plötzlich kamen so viele Bilder. Bilder, die er vergessen hatte, weil er sie vergessen musste. Ihre Hände. Am Schluss waren sie nur noch Haut und Knochen gewesen. Er sah sie auf der weißen Bettdecke liegen, fast heller als der Stoff. Obwohl nichts so hellweiß ist wie Krankenhausbettwäsche. Die Hände hatten etwas Durchscheinendes, ihre Haut war dünn geworden und legte sich über die Knochen und Sehnen ihres Handrückens, und in dieser dünnen Haut schwammen ein paar vertraute Altersflecken, die ihm irgendwie Halt gaben, weil sie ihm von einer Zeit erzählten, in der sie fand, dass es eine Katastrophe war, Altersflecken auf den Händen zu bekommen. Doch wenn sie auch durchscheinend aussahen auf der hellweißen Krankenhausdecke, es waren ihre Hände, und er hatte sie halten können. Bis ganz zum Schluss.

Plötzlich tauchte in seinem Körper das Gefühl wieder auf, das ihre Hände in ihm ausgelöst hatten. Wie schwer es gewesen war, ihre Hand für immer loslassen zu müssen.

Ihre knochige dünne Hand.

Ihre kalte Hand.

Die Erinnerung durchdrang sein Denken, seinen Körper, floss in ihm auf und ab und lähmte ihn mitten in seiner Bewegung. Ob sie das Lametta gehalten hatte, das er nun in seinen Händen hielt. Beinahe hätte er die dünnen Fäden zu seinem Gesicht gehoben, um es darin zu vergraben, doch dann fiel ihm ein, dass sie einmal ein paar Packungen gekauft hatte, nach Weihnachten, in einem Sonderangebot. Das war lange her Sehr lange. Da hatte Heike noch bei ihnen gewohnt. Jetzt haben wir ein paar Jahre lang Lametta, hatte sie gesagt. Und dass jetzt Schluss sei mit dem Bügeln. Dann fiel ihm ein, dass sie lange gar kein Lametta mehr genommen hatten, das hat man doch nicht mehr, hatte seine Tochter irgendwann gesagt, und sie hatten es weggelassen. Marianne wollte immer, dass Heike sich an Weihnachten besonders freute. Das ist ein Fest für die Kinder, hörte er sie sagen. Wenn *ihre* Augen leuchten, dann habe *ich* Weihnachten.

Wie lange hatte er Heike nicht mehr gesehen. Er überlegte, ob er ihr Gesteck nicht doch aus dem Schnee graben sollte, vielleicht würde sie sich darüber freuen. Es war der Hügel, der mehr in der Mitte war. Er müsste den Schnee abklopfen, und die Stelle sähe nicht mehr unberührt aus. Dafür hätte er noch eine Spur hinterlassen. Eine deutliche. Er hatte schon lange nicht mehr so viele Spuren hinterlassen wie heute.

Als er aufstehen wollte, nachdem er das Gesteck vom Schnee befreit hatte, kam er nicht mehr hoch. Seine Beine trugen ihn einfach nicht nach oben. Er versuchte sich seitlich abzustemmen, was auch nicht half, beinahe wäre er dabei in den Ahorn gefallen. Er fluchte über das Alter. Und über seine Knie und über seine Hüfte und über sich und über die Kälte und Majas knochige Hände, und dann spürte er etwas Heißes in seinem Gesicht und wunderte sich. Er zog sich am Grabstein hoch, damit er überhaupt wieder aufstehen konnte, und die Äpfel mit den Bändern fielen herunter. Aus Wut darüber wurde es noch heißer in seinem Gesicht. Und dann sehr kalt.

Als er es geschafft hatte aufzustehen, musste er sich erst einmal auf die Bank setzen, um sich auszuruhen und seine Beine durchzustrecken. Doch es hatte sich gelohnt.

Das Grab sah wunderbar aus.

»Und ihr wollt wirklich nicht mit ins Konzert?«, fragte Michael noch einmal, obwohl er genau wusste, dass es aussichtslos war, seine Kinder dazu zu überreden, mit zum Weihnachtskonzert zu kommen. Ihr Musikgeschmack war gerade ein völlig anderer, und keiner von beiden hatte nach Einsetzen der Pubertät weiterhin ein Instrument gelernt. Es war einfach zu uncool.

»Ihr seht Mama und mich auf einen Schlag!«, versuchte er es ein letztes Mal.

»Einer von euch beiden reicht uns völlig. Wir sind das doch gar nicht mehr gewohnt, Eltern im Doppelpack!« Olli und Nina lachten. Nina grinste ihren Vater an, und sie dachten beide an das Gespräch auf der Treppe, als ihre Blicke sich trafen, und Michael fand es schön, dass Nina grinste. Er gab sich geschlagen.

»Okay. Kein Konzert. Was ist dann heute das

weihnachtliche Familienereignis? Schlittenfahren?«, schlug er vorsichtig vor, denn man wusste nie, was plötzlich wieder über Nacht uncool geworden war. Das zustimmende »Au ja!« ließ jedoch keinen Zweifel daran, dass Schlittenfahren auch in der Pubertät noch eine angesagte Freizeitbeschäftigung war.

»Und wir nehmen die Kleine von unten mit«, schlug Nina vor. »Ich geh sie gleich mal fragen.«

»Und frag auch gleich ihre Mama, ob sie Lust hat mitzukommen«, warf Michael ein. »Wir können ihr ja nicht einfach an Weihnachten ihr Kind entführen.«

Als es klingelte, fuhr Sabrina überrascht hoch und ging zur Tür. Als sie sah, wer davor stand, war sie noch überraschter. Sie war so überrascht, dass es ihr schier die Sprache verschlug.

»Ihr Schokoladenkuchen geht mir einfach nicht aus dem Sinn«, sagte der Notarzt mit den blauen Augen und lächelte. »Meinen Sie, Sie könnten mir das Rezept verraten?«

Als Sabrina nicht reagierte, sah er sie zerknirscht an. »Ich störe. Entschuldigung. Ich hätte ja angerufen, aber ich wusste Ihren Namen nicht, jetzt weiß ich ihn, ich rufe Sie an.«

»Entschuldigen Sie bitte«, wiederholte er nochmals. »Tausendmal.«

Und drehte sich um, um rasch zu gehen, als Sabrina endlich zu sich kam und viel lauter als beabsichtigt – so laut, dass es sogar im Treppenhaus ein bisschen widerhallte – rief: »Nein!« Sie rief so laut, dass der Arzt sofort stehen blieb, sich zu ihr umdrehte und sie verunsichert ansah.

»Nein?«, wiederholte er zögernd. »Nicht anrufen?«

»Nein!«, rief sie noch einmal. »Nicht anrufen. Reinkommen!«

Sie trat einen Schritt zurück und hielt ihm die Tür auf. »Ich war nur so überrascht, entschuldigen Sie …«

»Nein, ich muss mich entschuldigen, ich komme hier einfach …«

»Nein, dafür müssen Sie sich doch nicht entschuldigen …«

»Doch, ich habe Sie …«

»Nein …«

Sie verstummten und sahen sich verlegen lächelnd an. Was mache ich jetzt mit ihm?, raste es durch Sabrinas Kopf. Ich bitte ihn herein ich gebe ihm das Rezept ich gebe ihm ein Stück Schokoladenkuchen ich gebe ihm was habe ich eigentlich an und wie sehe ich aus und wohin ins Wohnzimmer es ist ja aufgeräumt zum Glück die Plätzchen stehen auch da ich mache die Kerzen an nein das ist so affig ich mache keine Kerzen an das ist ja so gewollt romantisch er will ja nur das Rezept das hole ich ihm jetzt ich muss etwas sagen ich – »Kommen Sie doch«, brachte sie heraus, »kommen Sie hier ins Wohnzimmer, und ich bringe Ihnen den Kuchen und noch ein Stück Rezept, wenn Sie wollen. Ich meine ein Stück Kuchen. Hätte ich noch. Wenn Sie wollen.«

»Wunderbar«, strahlte er und dachte, mein Gott, ist sie süß. Warum sind die süßesten Frauen immer so gut versteckt, fragte er sich, als er auf ihrem Sofa saß und seine Blicke durch das Wohnzimmer schweifen ließ, die liebevollen Weihnachtsdekorationen sah, den Plätzchenteller mit den herrlichsten Kreationen, dazu hing der Duft von Zimt und Schokolade in der Luft und von frisch gebackenem Kuchen. Er lehnte sich wohlig seufzend zurück und dachte, das fühlt sich an wie zu Hause. Besser als die Klinik und der Notarztwagen und sein unwirtliches eigenes Heim, in dem er es noch nicht mal geschafft hatte, alle Kisten auszupacken und Lampen und Bilder aufzuhängen. Obwohl er schon fast ein Jahr dort wohnte. Er sah die Kerzen auf dem Tisch stehen und kramte in seinen Hosentaschen, ob er nicht ein Feuerzeug dabeihatte. Als Sabrina mit einer großen Platte mit einem Schokoladenkuchen darauf ins Zimmer kam, hatte er gerade die Kerzen angezündet und gehofft, dass Sabrina jetzt nicht glaubte, er wolle einen auf romantisch machen. Obwohl er es ja wollte. Durchaus wollte. Er lächelte sie an. Und dann lächelten sie sich über dem ersten und dem zweiten Kuchenstück noch eine ganze Weile an, redeten über Rezepte und über Backen und über zu Hause und über Weihnachten, und gerade als es so richtig nett wurde, fiel ihm ein, dass er ja eigentlich noch im Dienst war und vielleicht besser wieder zurück in die Zentrale fahren sollte.

Im Flur standen sie dann stumm voreinander, um sich zu verabschieden.

»Danke für den Kuchen.«

»Danke für den Besuch.«

»Und das Rezept.«

»Keine Ursache.«

»Ich hoffe, ich habe nicht gestört.«

»Überhaupt nicht.«

»Ja, dann …«

»Also …«

»Kommen Sie ruhig einmal wieder.«

»Gerne.«

»Ich habe noch mehr Rezepte.«

Sie konnte nicht glauben, dass sie das gesagt hatte.

O mein Gott. Wie kokett. Sie spürte, wie sie errötete, am liebsten hätte sie den Satz wieder eingefangen, der ihr da so einfach aus dem Mund geflattert war, doch da lächelte er sie schon an, sehr nett lächelte er sie an.

»Wenn das so ist, dann gehen Sie doch morgen Abend mit mir essen, und dann geben Sie mir das Rezept von dem Heidesand auf Ihrem Plätzchenteller. Der ist nämlich noch besser als der von meiner Oma. Und das will etwas heißen.«

»Mach ich. Heidesand. Morgen«, strahlte sie.

Als er die Treppe hinunterging, hatte er nur einen einzigen Gedanken im Kopf, der ihn völlig ausfüllte. Mein Gott, dachte er, sie ist so süß.

Und Sabrina lehnte an ihrer Wohnungstür, die

sie sanft hinter ihm geschlossen hatte, um sie immer wieder für ihn zu öffnen, und konnte ihr Glück nicht fassen. Aus einem Holz geschnitzt, dachte sie und schaute die beiden Engel an, die unter dem Weihnachtsbaum standen.

Kurz bevor sie die Klinke hinunterdrückte, hielt Miriam inne. Was mache ich hier denn eigentlich, dachte sie. Ich bin ja völlig verrückt. Und gerade als sie ihre Hand von der Klinke zurückziehen wollte, wurde die Tür aufgerissen, eine Schwester stürmte hinaus und stieß sie beinahe um, mit ihrem geschäftig wichtigen Schwesternschritt. Durch die offen stehende Tür sah sie ihn im Bett liegen. Und er sah sie. Er sah sie an. Jetzt konnte sie nicht mehr zurück.

»Na was nun, gute Frau. Wollen Sie jetzt rein oder nicht?«, schnaubte die Schwester im Weggehen, und noch irgendetwas anderes schnaubte sie vor sich hin, doch Miriam konnte es nicht verstehen. Sie lächelte Gregor zaghaft zu, der sie so unmittelbar anstrahlte, dass sie spürte, wie ihr Gesicht, das noch ganz kalt war von der Schneeluft, durch die sie zum Krankenhaus gelaufen war, sich zu einem ebenso breiten Lächeln dehnte. Es überraschte sie selbst. Sie hatte gar nicht mehr gewusst, dass sie so lächeln konnte, dass die Haut in ihrem Gesicht spannte.

»Sie besuchen mich! Sie glauben gar nicht, wie ich mich freue!«, rief er ihr ausgelassen entgegen, und sie zog sich einen Stuhl herbei, um sich an sein Bett zu setzen. Zwischen ihnen war plötzlich eine seltsame Vertrautheit, die der Tatsache entsprang, dass sie an seinem Krankenbett saß, in dem er in einem gepunkteten Krankenhaushemd lag, dass sie ihm helfen musste, das Kopfteil umzustellen, dass er gestern schon neben ihr gelegen hatte. Und dass er ihre Hand gehalten hatte.

Gleichzeitig fremdelten sie und waren schüchtern miteinander, was daran lag, dass sie zum ersten Mal allein waren. Jede Gesprächspause, jeder Blick hatte plötzlich eine andere Bedeutung. Als Miriam merkte, dass ihn anscheinend noch niemand besucht hatte, weil weder Obst noch Blumen noch Plätzchen seinen Nachttisch füllten, holte sie alles aus ihrer Tasche, was sie zu Hause schnell eingesteckt hatte. Sie hatte einen kleinen inneren Kampf ausfechten müssen, bevor sie sich eingestand, dass sie Gregor gerne besuchen wollte, während Julchen mit den Nachbarskindern Schlitten fuhr. Daraufhin hatte sie alles eingepackt, was ihr angemessen schien, und sich gesagt, sie könne ja auch alles in ihrer Tasche lassen, wenn er schon versorgt sein sollte. Doch nun packte sie alles aus und war froh darum, etwas zu tun zu haben. Eine Flasche Kindersaft, den sie immer mal für Julchen kaufte, der ihr selbst aber auch schmeckte, obwohl sie fand, dass er sich nun auf dem Krankenhausnachttisch eines erwachsenen Mannes etwas seltsam ausnahm, eine Packung Lebkuchen, ein paar Bücher, wobei sie sich gefragt hatte, was ein Pfarrer wohl lesen könnte, und sich nach einigen unschlüssigen Momenten vor ihrem Regal für einen Krimischmöker, für Kästner und Dickens entschieden hatte, und natürlich: einen roten Apfel Als sie fertig war mit Auspacken und ihre Blicke sich trafen, wusste Miriam nicht, ob sie sich nicht vielleicht beide wohler fühlen würden, wenn sie so tat, als wäre alles ganz belanglos. Aber der Gedanke blieb sowieso pure Theorie. Miriam war völlig unfähig, so zu tun, als ob es ihr eigentlich nichts bedeutete, einen fremden Mann im Krankenhaus zu besuchen, der ihr vor die Füße geschneit war, nachdem ausgerechnet seine Worte ihr Herz berührt hatten. Also gab sie es einfach auf, ließ ihre Tasche fallen, sah ihn an und sagte unvermittelt: »Seit gestern klopft mein Herz schneller, wenn ich an dich denke, obwohl ich dachte, mein Herz kann gar nicht mehr schneller klopfen. Ich will das auch gar nicht. Aber jetzt bin ich hier.«

Er nahm ihre Hand und zog sie zu sich, sodass sie sich auf den Rand seines Bettes setzen musste. »Und das ist gut, dass du hier bist«, sagte er. »Erst einmal ist es einfach gut. Mein Herz klopft nämlich auch schneller. Und was du willst oder nicht, oder was ich will oder nicht, das können wir vielleicht herausfinden. Aber das können wir nur, weil du hier bist. Also ist es gut.«

Als sie später ging, weil es schon fast dämmerte und Julchen bestimmt gleich vom Schlittenfahren nach Hause kommen würde, hatte Miriam das Gefühl, einen sehr vertrauten Freund zu verlassen. Einen vertrauten Freund, bei dem ihr Herz schneller schlug.

Die Sonne stand nun schon tief hinter den Kronen der Bäume, die ihre kahlen Äste in den Winterhimmel reckten, und das Licht war dabei, sich zu verlieren. Der alte Mann saß in seinem wärmsten Wintermantel auf der Bank auf einer Decke gegenüber dem wild geschmückten Grab und reagierte längst nicht mehr auf die neugierigen Blicke der anderen Friedhofsbesucher, die zuerst verwundert auf die vielen Kerzen inmitten des üppig roten Weihnachtsschmucks des Grabes und dann auf ihn starrten. Sie starrten, als wäre er ein bisschen plemplem. Vielleicht war er es ja auch. Aber es sah schön aus. Er war selbst ganz beeindruckt von seiner Schmückerei. Eine Frau hätte es nicht besser hingekriegt. Marianne hätte es jedenfalls gefallen. Da war er sich sicher.

Er goss sich Kaffee ein aus seiner Thermoskanne, die er mitgebracht hatte, um sich aufwärmen zu können, und stellte die Tasse neben die andere, noch leere Tasse, die neben ihm auf der Bank stand und darauf wartete, für jemand anders gefüllt zu werden.

Jetzt saß er schon eine ganze Weile so da und begann sich allmählich zu fragen, ob sie wohl noch kommen würde. Er hoffte, dass sie nicht zu der Familie ihres Mannes gefahren waren. Er hoffte, dass sie kommen würde. Er würde einfach weiter warten. Bis es dunkel war, würde er auf alle Fälle warten. Seine Füße waren schon recht kalt, aber ansonsten fror er nicht. Ihm war noch immer warm von den ungewohnten Anstrengungen, und er würde noch eine ganze Weile hier aushalten. Er hatte das Gefühl, dass Marianne ihm zusah. Dass sie von oben zu ihm herabsah und dass ihr gefiel, was er gemacht hatte. Er spürte sie so deutlich, dass er nach oben sah. Doch über ihm dehnte sich nur der leere, klare Winterhimmel. Ohne eine einzige Wolke weitete er sich in ein immer dunkler werdendes Blau. Vielleicht war er kurz eingeschlafen. Er wusste es nicht. Doch als er ihre Anwesenheit fast wie einen warmen Hauch spürte und verwundert um sich schaute, sah er, dass seine Tochter sich neben ihn gesetzt hatte und stumm auf das Grab blickte, das von den tanzenden Kerzenflammen im Schnee zu leuchten schien. Er goss ihr einen Becher Kaffee ein und reichte ihn ihr wortlos. Wortlos und ohne ihre Blickrichtung zu ändern, nahm sie ihn entgegen und trank einen

Schluck. Dann stellte sie den Becher neben sich ab.

Und dann nahm sie seine Hand.

Bis es dunkel war, saßen sie schweigend vor dem Grab, schauten in die Kerzen und waren sehr damit beschäftigt, den Gefühlen zu lauschen, die sich von ihren Händen aus in ihnen ausbreiteten. Von seiner rechten Hand und ihrer linken floss Gefühl quer durch sie beide hindurch. Altes Gefühl. Und auch ganz neues.

»Ich muss da noch einmal auf etwas zurückkommen. Bin ich wirklich genau wie Mama?«, fragte Sanne ihren Bruder, als sie zusammen zu dem Konzert gingen, für das sie Karten für alle besorgt hatte. Es war lustig gewesen, als sie festgestellt hatten, dass der Bassist von obendrüber ja mitspielte. Sanne hatte überhaupt nicht damit gerechnet, dass sich ihre Eltern über die Karten derartig freuen würden. Über die guten Beziehungen ihrer Agentur hatte sie es gerade noch geschafft, die Karten zu bekommen, und war davon ausgegangen, dass sie mit dem gemeinsamen Konzertbesuch einen bereits bestehenden Plan ihrer Mutter ins Wanken bringen würde. Sie hatte sich diebisch darauf gefreut, die bis zur Erstarrung gepflegte Routine ihrer Mutter zu durchbrechen und etwas Unordnung zu stiften. Jetzt schämte sie sich fast dafür, dass ihre Motive gar nicht so edel waren, wie es ihr nun unterstellt wurde, dass ihre Eltern sich ehrlich und wahrhaftig freuten.

»Wir hören den guten Mann da oben immer üben, und wir haben schon oft daran gedacht, mal in ein Konzert zu gehen, in dem er mitspielt, unser Herr Nachbar.« Waltraud hatte ihre Tochter gut gelaunt untergehakt und ihr einen Kuss auf die Wange gedrückt. »Tolle Idee, Schätzchen. Da hast du wirklich eine tolle Idee gehabt. Ein Weihnachtsausflug für uns alle. Das ist doch mal ganz was anderes!«

»Also«, sagte Sanne. »Die Antwort?«

»Ja«, sagte Philipp. »Die Antwort ist: Ja. Du bist genau wie Mama. Du willst alles regeln, weil du glaubst, dass du es am besten kannst, und ich muss leider zugeben, das stimmt auch noch. Wenn du dich um etwas kümmerst, dann kümmerst du dich um jedes Detail und jeden winzigen Kleinkram, weil du eben an alles denkst, du überlässt nichts dem Zufall, sondern planst voraus, und das ist genau der Grund, warum du in deiner Agentur so einen Erfolg hast und warum Mamas Weihnachtsfest immer so perfekt durchorganisiert ist. Du hast alles im Griff, du sanierst eine chaotische Küche, du rettest deinen kleinen Bruder vor rezeptwütigen Damen, so wie du ihn früher vor anderen Attacken gerettet hast, du zauberst das tollste Geschenk aus dem Hut, und du bist richtig nervig mit all deinen Superkompetenzen und die beste große Schwester, die man haben kann. Du willst einfach alles gut machen. Und Mama auch. Da fällt es so kleinen Loser-Brüdern oder Ehemännern manchmal schwer, mitzuhalten. Aber wenn der Zufall uns die Chance gibt, schaffen wir auch mal einen Gänsebraten … oder, Papa?« Er drehte sich zu seinem Vater um, der nickte und ergänzte, zu seiner Frau gewandt: »… und wenn man mich mal zu Wort kommen lässt, sage ich, dass ich dich auch liebe, wenn dir gar nichts mehr gelingt.« Ihre Eltern blieben stehen und küssten sich.

Sanne knuffte Philipp gerührt in die Seite.

»Komm, du kleiner weiser Loser-Bruder. Lassen wir die Turteltauben alleine und suchen unsere superdurchorganisierten Plätze.«

Und dann fiel sie ihm plötzlich in die Arme und vergrub ihr Gesicht an dem Stück Hals, das zwischen seinem Hemdkragen und seinem Ohr so gut und vertraut nach Bruder roch, und flüsterte leise: »Danke.«

Der Himmel war sternenklar und schien sich viel höher als sonst in eine Weite zu dehnen, die unendlich sein könnte. Zahllose Wintersterne funkelten durch die dunkle Nacht von oben herab, und von unten funkelten unzählige Lichter aus dem Schnee zum Himmel hinauf, sodass man nicht mehr sagen konnte, was schöner war, das Herunter- oder das Hinaufschauen.

Wie der Himmel funkelte.

Wie die Stadt funkelte.

Wie hell das Licht schien.

Es schien über dem Konzertsaal, in dem Michael zu den Klarinetten hinüberlächelte, als ob er für vieles um Entschuldigung bäte, und es schien auf die Klarinettenspielerin, die keineswegs wusste, was dieses Lächeln bedeutete, aber vielleicht trotzdem irgendwie froh darüber war.

Es leuchtete in der Musik, die Waltraud und Achim ebenso umfing wie Sanne und Philipp und alle anderen im Saal, und löste etwas in ihnen, damit all das, was gelebt werden wollte, den Weg ins Freie fand, und es beleuchtete Rosas Weg zu ihren Lieben, mit denen sie nun wieder vereint war.

Es funkelte für all die jungen Liebenden, wie Isabell und Nick, die den ganzen Tag nicht aus dem Bett gefunden hatten, und bestimmt auch für Sabrina, die von dem schneebewimperten Notarzt träumte und im Geiste alle Gerichte durchging, die sie für ihn zubereiten wollte, vom würzigsten Eintopf über raffinierte Torten bis hin zu federleichten, beschwingt federleichten Soufflés.

Das weiße Krankenhauszimmer, in dem Gregor das Konzert im Radio hörte, wurde von dem himmlischen Licht genauso wundersam erhellt wie die Küche, in der Miriam zusammen mit einem glücklichen Julchen, dessen Glaube an das Christkind nun unerschütterlich geworden war, und mit Michaels vom Schlittenfahren ausgehungerten großen Kindern einen Berg Nudeln verdrückte und dabei oft und hell lachte, weil sie die Verbindung spürte, die sich wie ein leuchtendes Band zwischen ihrer Wohnung und einem Krankenhauszimmer auf der anderen Seite der Stadt spannte.

Und auch über dem alten Eberling glänzte etwas von diesem Licht, während er müde und glücklich in seinem Sessel saß, an dem Stück Seife schnupperte, das bei seiner Rückkehr vom Friedhof an der Tür gehangen hatte, und seinen Gedanken nachhing, die seine Maja umkreisten und in die hinein sich immer wieder die lebendige Erinnerung an die Hand seiner Tochter auf dem Friedhof schlich.

Vielleicht war das wundersame Licht, das die Menschen beschien, ein himmlisches Versprechen. Vielleicht war es aber auch einfach das Licht einer hellen Schneenacht an Weihnachten, das in diesem Jahr besonders viel Hoffnung mit sich brachte.